かぐや様は告らせたい
～秀知院学園七不思議～
小説版
原作 赤坂アカ
小説 羊山十一郎
JN130629

人物紹介!!

白銀御行
しろがねみゆき
★秀知院学園高等部2年
★生徒会…会長
★身体的特徴…目付きが悪い
★本作の主人公の一人

四宮かぐや
しのみやかぐや
★秀知院学園高等部2年
★生徒会…副会長
★身体的特徴…美少女
★本作の主人公の一人

藤原千花
ふじわらちか
★秀知院学園高等部2年
★生徒会…書記
★身体的特徴…ゆるふわ巨乳
★本作のヒロイン

石上優
いしがみゆう
★秀知院学園高等部1年
★生徒会…会計
★身体的特徴…根暗前髪
★本作の裏主人公

伊井野ミコ
いいのみこ
★秀知院学園高等部1年
★生徒会…会計監査
★身体的特徴…低身長
★裏ヒロイン

早坂愛
はやさかあい
★秀知院学園高等部2年
★身体的特徴…アイルランド人のクオーター
★本業…四宮家かぐや付き近侍（ヴァレット）

あらすじ!!

家柄も人柄も良し!!
将来を期待された
秀才が集う秀知院学園!!
その生徒会で出会った、
副会長・四宮かぐやと
会長・白銀御行は
互いに惹かれているはずだが…
何もないまま半年が経過!!
プライドが高く
素直になれない2人は、
面倒臭いことに、
〝如何に相手に告白させるか〟
ばかりを考えるように
なってしまった!?
恋愛は成就するまでが楽しい!!
新感覚〝頭脳戦〟ラブコメ!!

かぐや様は告らせたい 小説版

~秀知院学園七不思議~

contents

彼が死んだ。
私も後を追うだろう。

私はただ、この胸の気持ちを
彼に見つけ出してほしいだけだったのに
私の魂はこの学園で
さまよい続けるだろう。

「少女Aの遺書」
秀知院学園生徒会議事録より

第1話☆

生徒会は欺きたい

私立秀知院学園。

かつて貴族や士族を教育する機関として創立された由緒正しい名門校である。

貴族制が廃止された今でなお、富豪名家に生まれ、将来国を背負うであろう人材が多く修学している。

そんな彼らを率い纏め上げる者が、凡人であるなど許されるはずもない。

「まあ！　皆さん、ご覧になって、生徒会のお二人よ！」

うら若き乙女が黄色い声をあげ、熱い視線を送るのと呼応し、先ほどまで静かだった廊下はにわかにざわめきたつ。

彼らの視線の先では二人の少年少女が、すました顔で歩を進めている。

ざわめきの中でも、彼らの靴音だけがハッキリと感じられるのは何かの魔法だろうか。

鋭い目つきの男子生徒と、楚々とした振る舞いの女生徒が連れ立って歩くさまは、竜虎が並び立つ様を連想させ、人々の目を奪うのは道理であった。

彼らの姿を目にとめて、乙女は感嘆の吐息さえ漏らす。

「ああ、かぐや様……なんてお美しいのかしら」

百合か牡丹か芍薬か、何をしても花にたとえられる彼女の名は、

秀知院学園生徒会副会長、四宮かぐや。

総資産二百兆円。鉄道、銀行、自動車――ゆうに千を超える子会社を抱え、四大財閥の一つに数えられる『四宮グループ』。

その本家本流総帥・四宮雁庵の長女として生を享けた、正真正銘の令嬢である。

その血筋を語るが如く、芸事、音楽、武芸――いずれの分野でも華々しい実績を残した正真正銘の『天才』。それが四宮かぐやである。

そしてその四宮が支える男こそ、

「ああ、会長のあの眼差し……まるですべてを見透かされてしまう気分だわ……」

秀知院学園生徒会長、白銀御行。

質実剛健、聡明英知。学年模試は不動の一位。

全国でも頂点を競い、天才たちと互角以上に渡り合う猛者。

多才であるかぐやとは対照的に、勉学一本で畏怖と敬意を集め、その模範的な振る舞いにより生徒会長に選出された傑物。

代々、会長に受け継がれる純金飾緒は秀知院二百年の重みである。

すれ違いざま、白銀にちらりと視線を向けられただけで、女生徒はまるで凍りつくような寒気を感じてしまうのだった。しかし、それも仕方のないことといえよう。

初等部から大学までの一貫校である秀知院学園において、中途入学である『混院』が生徒会長に就任した例は、長き学園史を紐解いても三名しか存在していない。

しかも、白銀は今秋の選挙において二期目の当選を果たした、異例中の異例。

竜驤虎視。この秀知院において、白銀の目を真正面から見られる人間は、よほどの剛の者か、清廉潔白にして後ろ指さされる恐れのない人物に違いないというのが、多くの一般生徒たちの共通認識だった。

「ご覧になって。かぐや様が、会長と談笑なされているわ……」

「まあ、かぐや様は白銀会長が恐ろしくないのかしら？」

「かぐや様なら当然よ。やましいことなど、生まれてこのかた、あるはずがないですもの。会長のお隣にいるのも、かぐや様のような淑女でないと不可能だわ」

「お二人は、つき合っていらっしゃるのかしら？」

「実のところ、どうなのでしょう？　言われてみれば選挙の少し前にも、会長がかぐや様に告白なさると噂になったことがありましたが——」

学園という閉鎖環境において、この手の話題はつきない。

まして、秀知院のトップに位置する二人の天才の恋愛となれば、生徒たちの関心を集めてやまないのも道理であった。

そして、実際のところ、二人の関係は——

♂♂♂

「選挙が終わって間もないとはいえ、彼らもよく飽きないな」

生徒会室へと向かう道すがら、白銀御行は傍らの少女に語りかけた。

しかし、白銀の視線は手元に向けられている。手にしているのはフランス語の単語帳。

一日十時間の勉強時間を己に課している彼は、わずかな移動時間さえも無駄にするつもりはない。

歩きスマホを注意されることはあっても、歩き読書はそもそも存在さえ見かけなくなって久しいというこの時代に、二宮金次郎（にのみやきんじろう）もかくやという姿である。

そんな彼に苦笑しつつも、咎（とが）めたてようとはしないのが少女の常だった。

「そういう年頃なのでしょう。聞き流せばいいではありませんか」

二人は落ち着いたトーンで会話を交わす。その様は恋や愛などと、煩悩を隠さぬ衆愚（しゅうぐ）たちに対する皮肉のようである。

「む？」

白銀が単語帳から視線を上げると、四宮かぐやが口元に手をあて、上品に微笑んでいる。

彼女の台詞（せりふ）は、いつだったか白銀が口にした言葉である。

どういう流れだったかまでは覚えていないが、今と同じような会話を二人は過去に交わしたことがある。記憶力にはいささか自信のある白銀は、確かにそれを覚えていた。

「そうか。そうだったな」


あれは確か、八か月ほど前のことだ。

ちょうど今のように廊下を歩いている最中、生徒たちの呟きを耳にした。

『お二人は、もしかしておつき合いなされてるのかしら？』

白銀はそれを聞いて、こう考えたのだった。

（ふん、俺と四宮がつき合っているかだと？　くだらん色恋話に花を咲かせおって。愚かな連中だ）

（……が、まあ）

そう、それでこそこの学園を纏め上げる生徒会長に相応な意見である。


（四宮がどうしてもつき合ってくれっていうなら、考えてやらんこともないがな！）

残念ながら白銀御行は年相応の男子であった。

恋人がいる友人にキッチリ劣等感を覚え、後輩の持ってくる漫画雑誌のラブコメを毎週楽しみにし、ついでにちょっとエッチな漫画もきちんと読んでいる。

だが、そのようなイメージを持たれないように立ち振る舞うのが、白銀御行という男である。

（まあ向こうは確実に俺に気があるだろうし、時間の問題か……）

顎に手をやり、獲物を追い詰めた狩人の如き鋭い目つきで白銀は笑う。

（くく、さっさとその完璧なお嬢様の仮面を崩し、赤面しながら俺に哀願してくるがいい）

白銀は、頬を染めながら告白してくるかぐやの姿を脳裏に浮かべ、一人ほくそ笑むのだった。

♀♀♀

一方、白銀がそんなことを考えているとはつゆ知らず、清楚な丈のスカートを翻しながら四宮かぐやも思考を巡らせていた。

（まったく……下世話な愚民共。この私を誰だと思ってるの？　国家の心臓たる四宮家の人間よ？　どうすれば私と平民がつき合うなんて発想に至るのでしょう？）

と涼しげな微笑みを崩さないまま、周囲の思い違いにため息を漏らす。

大和撫子は男の後ろを三歩下がって歩くというが、彼女に背中を見せるのは得策でない。

純白を思わせる外面とは対照的に、彼女の中身は黒……いや、乾いた血の色を思わせる鉄黒色である。

（まあ、会長にギリのギリギリ——可能性があるのは確かだけど？　向こうが跪き、身も心も故郷すら捧げるというなら、この私に見合う男に鍛えてあげなくもないけれど……）

かぐやは、きりりとした鋭い目つきを崩さぬまま溢れ出る慕情を告白する、白銀の姿を思い浮かべ、苦笑をかみ殺す。

要約するとこうである。

——向こうからアプローチかけてくるならワンチャンある。

（まあ、この私に恋焦がれない男なんていないわけだし？　時間の問題かしら？）

ふふふと笑う彼女の口元には、年相応の、恋する乙女の笑みがあった。

この二人の関係を、両想いと呼ぶこともできるだろう。

おそらくどちらかが愛の告白をすれば、この恋は実る。ハッピーエンドは手の届く距離にある。

そして、それを二人とも気づいている節があった。

時間の問題だ。

そう、いずれ告白してくるに違いない。

それを慌てず待てばいい――

などとやっているうちに、実に八か月もの時間が流れたのだった。

その間、特に何も――いや、決して何もないわけではなかった。自転車の二人乗りで登校したり、相合い傘で下校したり、皆で花火に行ったり、二期目の選挙に当選したり、美術の授業でお互いの絵を描き合ったり、パンツの色を尋ねたり――こう考えると、結構いろいろあった！

だが、告白だけはなかった！

そう、問題は二人ともなまじモテてしまうことにあった。

放っておけば人間というものは自分のことを勝手に好きになって、勝手に告白してくるもの。彼女らの恋愛観はそういうものであった。

どれだけ想いが通じ合っていようが、求め合っていようが、どちらも告白待ちなら、話は何一つ進展しない。最悪死ぬまでこのままである。

結果として、告白待ち二人の思考はこじれにこじれ、『つき合ってやってもいい』から、『如何に相手に告白させるか』へとシフトしていた。

さらに最近は『いい加減早く告ってきてくれ。頼むから！』という段階にまで達しつつあるのだが、それは触れるだけ野暮である。
誰にも見せぬ胸の奥で、どうやって相手に好きと言わせてやろうかと策略を練りながら、
二人は今日も生徒会室に向かうのだった。

♂♂♂

白銀とかぐやが生徒会室に入ると、既に先客がいた。

「あ、会長。四宮先輩も……どもっす」

ソファに浅く座る彼の名は石上優（いしがみゆう）。

生徒会において会計の職を任されたデータ処理のエキスパートである。

秀知院学園は生徒会長のみ選挙で選出され、他の役員は能力に応じて会長が任命するシステムとなっている。石上は前期の生徒会において入学間もない一年にもかかわらず、白銀のスカウトにより生徒会に加入した優秀な人材だ。当然、今期においても会計係を続投することになった。

長い前髪で片目を隠し、片時もヘッドホンを手放さない彼は周囲とのかかわりを極力避けたがっているようにも見える。実際、生徒会への加入後もしばらくは自宅に持ち帰って仕事をしていたほどである。

だがそんな石上にも成長が見て取れ、最近では皆と同じように生徒会室で作業するようになった。白銀たちの姿を見ればヘッドホンは外（はず）すし、なんと自分を変えるために応援団に入団したほどである。

白銀とかぐやの関係の停滞ぶりと比較すれば、まさに長足の進歩といえよう。

「ん？　まだ石上だけか？」

部活連の打ち合わせに寄ってから来た白銀とかぐやよりも、他のメンバーのほうが早く到着しているものだとばかり考えていた。

石上を除けば残る生徒会役員は二人。どちらも生徒会以外に部活や委員会に所属しているため、そちらに顔を出しているのかと白銀は考えた。しかし、石上は首を振ってそれを否定した。

「いえ、実は藤原（ふじわら）先輩も伊井野（いいの）も一度来たんですが、これを見て飛び出していってしまいまして……」

そう言って石上がおずおずと差し出したのは、白い封筒だった。

「？　なんだこれ。生徒会への要望書か？」

「……まずは中身を読んでください」

その時点で、嫌な予感はしていたのだ。

事件の匂い。

石上は優秀な人材だ。仕事関係の通達ならば、多忙な白銀に読ませるまでもなく要点をかいつまんで説明してくれるはずだ。彼がそうせずに白銀に直接読ませるということは、石上では判断ができなかったために違いない。

中身はよほどの厄介事なのだろうかと警戒しながら、白銀は封筒の中の便箋を開く。

『なぜ私に答えないのですか？　あなたが孤高の存在であることは理解している。私は、そう、理解しているのだ。むしろ私だけが理解しているといっていい。美しいあなた。体育祭に向けてグラウンドを走るあなたは、流れ落ちる汗さえもまた美しい。ああ、あなたの美しさを私は永遠にしたいと切に願う。そしてその時は私もまた永遠となろう。二人で永遠となり、あなたの美しさは保存される。それこそが何より重要なことなのに――なのに、どうして私の想いを受け入れてくれないのか？　共感してくれないのか？　もし、あなたがこのまま私に答えないならば、私は自らの手であなたを永遠にしてしまおうと思う。あなたの意思に反することかもしれないが。あなたの美しさが永遠となることは、きっと神にも認められた正しい行為なのだから』

「……ふむ」

手紙を読み終えた白銀は、ぱたりとそれを折り、丁寧に封筒の中へと戻した。

　ちょうどかぐやが紅茶を入れてくれたので、カップを受け取り、代わりに彼女に封筒を手渡した。紅茶と封筒を交換しながら、かぐやが何気なく尋ねた。

「どのような内容だったのですか？」

「ふむ。まあ、ただの脅迫状だな」

　と、白銀は平然と言いながら、紅茶を口にする。

　その姿は、些細(ささい)なことには動じない豪胆な人物であるように他人からは見える。

　常に冷静沈着。クールな表情を決して崩すことはないが、

（怖(こえ)えっ！　えーっ……なにコレやだ……『自らの手であなたを永遠にする』って、もう警察案件だろ？　無理無理無理、生徒会で対応できる範疇(はんちゅう)超えてるって！　怖すぎだろ、マジで！）

　クールなのではなく、肝(きも)が冷えていた。

　さーっと血の気の引いた顔で、白銀の瞳からは輝きが失われ、震える手を、必死に押し隠す。手に持ったカップから紅茶が零れそうになるのをごまかすため、白銀は一気に中身を飲み干した。おかげで口内が焼けただれるように痛む。

　だがその痛みがかえって、萎(な)えかけた白銀の気力を復活させてくれた。

　白銀は軽く咳払いして喉の調子を確かめてから、石上に尋ねる。

「しかし、あれだな。脅迫状にしては犯人も間抜けというか……宛先が書いてないではな

いか。『あなた』とは一体、誰のことを指しているのだ？」

「ええ。ですから、それに関しては藤原先輩と伊井野が……」

「あ、それは――」

石上と、それからなぜか手紙を読んでいたかぐやが口を開きかけたが、二人の言葉は、ババーン、と勢いよくドアが開け放たれる音に遮られた。

「医者にも治せぬ恋の病、治してみせましょ名探偵！　ラブ探偵チカ参上ですよ！」

はぁはぁと息を切らせながら勢いよく登場したのは、生徒会書記の藤原千花（ちか）である。頭に載せた鹿撃ち帽は演劇部から借りてきたお馴（な）染（じ）みのアイテムだ。どのようなこだわりなのか余人には計り知れないが、恋愛がらみの話になると藤原が必ずといっていいほど持ち出してくるのがこの鹿撃ち帽だった。

ただでさえ生徒会は人手不足なのに、藤原やかぐやはたまに演劇部の助っ人に駆り出されることがある。まあ、本人たちが楽しそうだし、めったに見られないかぐやのコスプレ姿を見ることができるからと、白銀もそこまで文句を言えないのであった。

そして何より、いちいち藤原の行動につっこんでいたらキリがない――のだが、今日は白銀も疑問を口にせずにはいられなかった。

「え、なんでその格好？　今回は恋愛話じゃないだろ？」

「ちっちっちー。認識が甘いですね、ワトユキ君」

指を振りながらドヤ顔をする藤原。誰がワトユキ君だよ、勝手に助手にするんじゃないと言いかける白銀に、藤原は人差し指をつきつける。

「ミコちゃんはこれを見て脅迫状と言いましたが、ラブ探偵の目はごまかせません！　これは一人の女性に対する思いのたけを綴った切ない恋文と見ました。ちょっと危ない感じはするけど」

「いやこれもう脅迫状だろ、完全に」

それは白銀としては当然のつっこみだったのだが、石上が遠慮がちに口を開いた。

「いやまあ、一見すると確かに脅迫っぽいですが、これは確かにラブレター……みたいなものだと思うんですよ。だから僕も不本意ながら藤原先輩の意見に賛成です。でも伊井野は脅迫状だって言い張って意見が割れてたんです」

それで合点がいった。先ほど彼が白銀に黙って手紙を読ませたのは、事前情報なしに判断させるためだったのだ。

「なるほどな、まあそう読むこともできるか」

「ふふーん！　ラブ探偵はいつも真実を見通しているんですよ！」

白銀は納得し、自分の考えを引っ込めた。藤原の意見は心からどうでもいいが、石上が言うのならこの手紙はラブレターの可能性が高い。石上の観察眼には白銀も一目置いている、彼の意見を根拠もなく否定するほど白銀は傲慢ではなかった。

「ん？　しかし藤原書記、さっき『一人の女性に対する想いを綴ったもの』と言ったな。どうしてわかる。この文面には『あなた』が誰かなど少しも書かれていないだろう」

「ふふーん、それはですね……それは…………あれ？」

ふと首を傾げる藤原。

「そういえば、どうして私は男性から女性へのラブレターと思ったんでしょうか？　字は確かに男の人のものっぽいですが、それだけで証拠にはならないはずなのに――あれれ？」

額に手を当てて、ぽくぽくと思索に耽るラブ探偵だった。

その様子を見て、かぐやが小さく手を挙げる。

「藤原さん、それなら――」

「すみません！　どなたか、ドアを開けていただけますか？」

ドアの一番近くにいる恋愛脳は何かを思い出し中だったので、仕方なく白銀が立ち上がりドアを開けると、姿を見せたのは伊井野ミコであった。

小さな体で重たそうな段ボールを抱え、額に汗まで浮かべている。

そんな荷物をどこかから持ってくる予定などなかったはずだと、白銀は訝しんだ。

「おい、どうしたんだ、それ？」

「筆跡鑑定のための資料です。脅迫状の差出人を特定するために、体育祭への事前アンケートを実行委員から借りてきました。これなら全員分の筆跡を照合することができます」

「おいおい……それなら俺か石上に言えばいいだろう？　体育祭実行委員会からここまでだと結構遠いし、大変だっただろうに」

「いえ、私以外の人は別の意見を持っていたようですので——はあ、全く。石上だけでなく藤原先輩までラブレターだなんて言い出して……どう見ても、脅迫状じゃないですか、それ！」

びしり、と真面目な口調で言いきる伊井野だったが、途中途中で息が切れている。あまり体力のあるほうではない彼女にとっては、全校生徒分のアンケート用紙を運ぶのは重労働以外の何物でもない。

だが、己の信念のためならば文句一つ言わずにそれを成し遂げるのが伊井野ミコという少女だった。かつて白銀と会長の座を巡り競い合ったライバルで、今は同じ生徒会で会計監査として働く仲間である。

「これを全部照らし合わせて犯人を捜そうってのか？　生徒会全員で手分けするとしても、いったい何日仕事になるんだよ……」

「いえ、私一人でやります。筆跡鑑定は普通、素人ができるものではありませんが、幸いにもこの手紙の差出人はかなり特徴的な字を書きます。『走』の字など、ほとんど一筆書きみたいですから、これと体育祭のアンケートを照らし合わせればかなりの確率で特定できると思います。安心してください。生徒会の仕事も、風紀委員の仕事も、それでおろそかにするつもりはありません」

　きっぱりと言いきる伊井野だった。その決意に満ちた瞳からは、面倒な作業に対する嫌悪は感じられない。本当に一人で犯人を見つけるつもりなのだ。しかし、そんな彼女に水を差すように、

「あの――」

と、かぐやが珍しく、どこか戸惑ったように口を挟んだ。

「この手紙は、きっと私に宛てられたものです。差出人の名前も承知しています」

「え？」

「は？」

　呆然とする白銀と伊井野に、言いづらそうな顔を見せながらもかぐやは説明する。

「ほら、いつだったか会長と藤原さんには恋文が届いたと相談したことがあったじゃないですか。この手紙も同じ人からです」

「……ああ、そんなこともあったな」

　白銀はその時のことを思い返した。ラブレターが届いたとかぐやが言い、しかも相手とデートに行こうかと言い出したのだ。それで、なんやかんやあって結局は藤原が泣いてかぐやを止めたという事件が、確かに夏休み前にあった。

　それ以降、特にかぐやがその話題を持ち出さなかったので、すっかり終わったものだと

ばかり思っていたが――

「え、ええーっ！」

白銀の思考は、甲高い声に遮られる。

「じゃあ、筆跡鑑定は？　せっかく運んだのに!!」

アンケート用紙の山を前にして、伊井野の悲鳴が生徒会室に響き渡るのだった。

♂♂♂

結局、アンケート用紙は石上が返しに行ってくれた。

疲れきった伊井野がトイレに中座した隙に、石上は「あ、じゃあ僕これ返してきちゃいますね」と立ち上がったのだ。白銀が手伝おうとする隙も与えぬまま、石上は一人でさっさと出て行ってしまった。石上は伊井野に甘い。そのことに伊井野が気づくことができれば、二人の関係も改善の余地があるかもしれない。

それから少し経って伊井野が生徒会室に帰ってきた。余談ではあるが伊井野ミコはトイレが近い。それを伊井野の友人であるところの大仏こばちは「神はミコちゃんを小さくおつくりになられました。膀胱は念入りに小さくつくりました」と評し、石上は「いつか絶対やらかす」とコメントしている。

せっかく集めてきたのにと、伊井野はアンケート用紙の山がいつの間にかなくなっていることにさえ気づかない様子で消沈していた。

そんな伊井野にかける言葉が見つからず、白銀はこほん、と咳払いをしてから話を進めることにした。

「で、つまり四宮の話を総合すると――夏休み前、恋文が届いたと俺たちに相談したあと、四宮は差出人に直接『ごめんなさい、あなたとはつき合えません』と言った。だが最近になってまた手紙が届いている、と」

「ええ。これまでの手紙は下駄箱に届いていたのですが、最近は読まずに捨てていました。だから、趣向を変えて生徒会室に届けたのでしょう」

困ったものですね、と全く困ってなさそうな顔で言う四宮。

「ふむ」

困ったものだな、と全く困っている様子を見せないようにうなずく白銀。

しかし、この時、彼の胸中は外見とは大きくかけ離れていた。

(怖ぇっ！　こんな手紙が頻繁に届くだけでもヤバいのに、なんで四宮はそんなに平然としていられるんだよ！　いざという時も返り討ちにする自信があるからかっ⁉)

と、自らも投げとばされた経験がある白銀は必死に動揺を押し隠すのであった。

そんな白銀に紅茶のお代わりを注ぎながら、かぐやは何気ない風に口にする。

「しかし、どうしたものでしょう？　こうなると誰か人の手を借りなければ解決しないかもしれません。しかし、同じ学校の仲間ですから教師や警察に相談するのも――」

「む……」

かぐやの口調に、微妙なニュアンスの違いを読み取った白銀はつい身構えた。

これはいつものあれだ、と白銀の頭脳は回転し始める。

「私は既に迷惑だとはっきり相手に伝えました。あれで引き下がらない相手の翻意を促すならば、よほど説得力のある説明でないと無理かもしれませんね」

あたかも相談事のような口調だが、かぐやはどこか冷たさを感じさせる笑顔で、白銀を流し見るのだった。

「誰か、びしりと相手を納得させてくれる人はいないものでしょうか？」

「ふむ」

白銀は紅茶のカップを口元に持っていきながら、さりげなく周囲に視線を巡らせる。

石上は外に出ており、伊井野は消沈していて、そして藤原は全く頼りにならない。

誰か、とかぐやは曖昧な表現を用いているが、その適任者が自分しかいないことに白銀は気がついていた。

白銀は、自分が手紙の差出人を納得させる光景を想像した。

♂♂♂

差出人の名前を仮にミスターXとしよう。

たとえば、冷たい風の吹く屋上で白銀は『X』と向き合っている。

白銀は、白い封筒を掲げてみせながら言うのだ。

「これは君が書いたものだな？　何度も手紙を渡されて四宮が困っているぞ。悪いが、もうこんなことはしないでほしい」

『X』は動揺し、「あんたには関係ないだろ！」と叫ぶ。

「ふむ。関係ない、か。しかし、俺は生徒会長で、四宮は副会長だ。同じ生徒会の人間として口を出す権利はあると思うがな」

今にも殴りかかりそうな表情で、『X』は「恋愛は個人の問題だ！」と怒鳴る。

白銀はため息をつく。恋愛は個人の問題。生徒会長として副会長を助けるため、という理由では『X』はどうしても納得しない。

ならば、白銀はこう答えるしかない。

「理由ならば、ある」

風に乱れた前髪をふぁさっと掻き上げながら、白銀はまるでバラの花びらでも背後に飛び散っているような勢いで宣言する。

「四宮は、俺の女だ」

白銀のきっぱりとした宣言に、『彼』は絶望と共に崩れ落ちるしかない。

それで解決。

かぐやはストーカーまがいのラブレターから解放され、晴れて白銀と結ばれることになる――

（いやいや、駄目だ！　それはマズいだろ！）

白銀はぶんぶんと首を振って、自分の想像を否定した。


――「俺の女」（マイラブ）・宣言（CO）！


古今東西、ラブストーリーには定番の殺し文句（キリングワード）である。

男性側から見れば周囲に対して女性が自分の恋人であると宣言する行為である一方、女性の立場に立って見ると自分の問題を解決してもらえるのと同時に、煮えきらなかった男性を手中に収める一挙両得の発言なのだった。

そう、「俺の女」宣言は、明らかに女性側のほうが利得が大きいのである。

恋愛関係において『好きになったほうが負け』は絶対のルール。即（すなわ）ち、告白したほうがのである。

負け。白銀とかぐや、プライドの高い両者において、自ら告白するなどあってはならない

仮定の話、もし白銀が「俺の女」宣言なんてことをしてしまった暁には――

『まあ。会長ったら、そんなに私を独占したいのですね……お可愛いこと』

と、かぐやに言われてしまうことは必定。

「俺の女」宣言は告白と同義――いや、周囲へのアピールも含めればそれ以上の行為である。白銀からすれば、絶対に避けねばならない行動なのだった！

「ごほん、ごほっ――んんっ！」

想像の世界から帰還した白銀は、わざとらしいほど咳を連発して頭の切り替えを図った。

想像の中でとはいえ、かぐやのことを「俺の女」呼ばわりしたせいで頬がうっすらと赤くなっている。

女性側の利得が大きいとか、そんな話を抜きにしてもかぐやを「俺の女」呼ばわりすることなどできないと白銀は思い直した。

そんな恥ずかしいことを言える自分なら、とっくに告白でもなんでもしているだろう。

「げほっ、げほっ！　ボヘェ！」

「会長、風邪ですか？」

「い、いや、なんでもない。すまない。気にしないでくれ」

心配そうに顔を覗き込んでくる藤原から顔を背けながら、白銀は喉をさすった。

恥ずかしいことを考えたり、かつての失敗を思い出してしまった後は、どうしてゴロゴロと転げ回ったり叫び声をあげたくなってしまうのだろう。

だが、ここは自室ではない。生徒会長である白銀が、校内でそんな真似をすることはできない。

その代償行為として、白銀は心が落ち着くまでの間、しばらく空咳（からぜき）をし続けることになったのだった。

♀♀♀

一方、白銀が身もだえするような恥ずかしさを押し隠していた時、かぐやもまた同じ想像に身を委（ゆだ）ねていた。

（会長の「俺の女（マイラブ）」宣言（・CO）――）

白銀が自分のために手紙の差出人と直談判する光景をかぐやは脳裏に思い描く。そして白銀による「かぐやは俺の女」宣言により、二人は晴れて恋人関係となるのだ。

かぐやは表情を隠すようにカップを持ち上げ、口元まで運んだ。

（ふふ。「俺の女」だなんて、会長ったら人のことを所有物のように言って――もう！　全く、悪い人ですね！　もう、もう！）

カップをソーサーに戻した時、かぐやの表情はこれまでのものとは打って変わっており、隠しきれない喜びに満ちあふれているのだった。

白銀との関係の進展を思い描くかぐやは、ぐにゃぐにゃと自分の体が揺れていることに気がつかない。

もしもこの場に、幼い頃からかぐやと生活を共にする近侍（ヴァレット）・早坂愛（はやさかあい）がいれば、間違いなくドン引きしたことだろう。

生徒会メンバーには決して見せないかぐやの一面を知っている早坂ならば、今のぐにょぐにょしたかぐやは、まるで頭のてっぺんから花でも生えているように見えたかもしれない。

普段の凛としたかぐやが写真と見まがう精密画ならば、今のかぐやは子供がクレヨンで描いた落書きのようだ。それくらい、普段のかぐやと今のかぐやは別人じみている。

あるいは、観察力に優れた石上優が生徒会室に残っていたら、かぐやの表情の変化を見て紅茶の中に違法薬物でも含まれていたのかと推測するかもしれない。かぐやがイリーガルな方法でハイにでもなったのかと疑い、石上は恐怖に打ち震えることになっただろう。

だが早坂も石上もこの場にはいない。

藤原は何か思案に耽っており、伊井野はずしーんと沈み込んでおり、白銀はまた自分の妄想を打ち消すように咳払いしていたため、かぐやの醜態は幸いにも誰に気づかれることもなかった。

そして、そんな脳内お花畑からかぐやを現実に引き戻したのは、白銀の咳払いだった。

「げほっ、げほっ！　ボヘェ！」

「会長、風邪ですか？」

「い、いや、なんでもない。すまない。気にしないでくれ」

白銀は言葉では否定したが、かぐやの脳裏に想起される光景があった。

あれは数分前。かぐやに封筒を渡す際と、その直後、紅茶に口をつける時、白銀は確かに震えていたのだ。

そして先ほどから不自然なほど咳を繰り返している。

体の震えと咳。そこから導き出される結論は一つだ。

（間違いない。会長は風邪を引いているのね！　いけない！　早く保健室に連れていってあげないと。以前、私が風邪を引いた時も看病してもらったじゃない）

思い出すのは夏休み前の一幕だ。白銀が初めてかぐやの住む四宮家別邸に足を運んでくれたあの日のことだ。まあ、そのせいでその後、少しだけぎくしゃくしたりもしたのだが、それはそれ、とかぐやは思う。

(会長が眠りにつくまで側についていてあげなくてはいけませんね。もし寝つけないようなら昔話のひとつもしてあげましょう。ふふっ、会長ったら子供みたい。でも、仕方ありませんね。誰でも風邪を引いた時は少しくらい幼児退行してしまうものですからね)

自身が体調不良の際に幼児化してしまうことを知ってか知らずか、かぐやはそんなことを考えた。

恩を受けたからには返さなければならない。かぐやは意を決して口を開こうとして、はっと思いとどまった。

(待って。先ほど、会長は藤原さんの「会長、風邪ですか?」という問いかけを否定していいます。つまり、体調が悪いことを隠しているのでは?)

白銀御行という男は非常に責任感の強い男である。自分の仕事を押しつけるくらいならば、当然多少の体調不良を押しても仕事を続けるであろうことは明白だった。

おそらく、かぐやが保健室に連れていこうとしても白銀は拒否するだろう。

だがかぐやは白銀を保健室に連れていき、看病しなければならない。

そう、これは人道的礼儀。

(恩を受けたら恩を返す。病気の人がいれば看病する。人間として当然の道徳よ! 小学生でも知っていること! 別に会長のためにお粥を作ってあーんとか、濡れたタオルで体を拭いたり、なんだったら添い寝してあげたりとか……そんなことを考えているわけじゃありません！　必要性を感じたらしますが！）

だがしかし、それには高いハードルが存在する。

看病には両者の同意が必須なのである。

仮にかぐやが嫌がる白銀を無理矢理保健室に連れていき、本人の意思を無視して看病をする。その構図にはいささかの既視感を覚える。

まるで男の家に勝手に上がり込み、勝手に家事をする押しかけ女房のよう！

（だとすると、男を保健室へ勝手に連れ込み、勝手に看病をする女は……）

押しかけ女房ならぬ、連れ込み女房！

（……って誰が女房よ！）

かぐやの頭から煩悩が抜け落ち、ようやく危機感が芽生えた。

これまでのどこかふわふわした想像と異なり、かぐやの思考が鋭敏に研ぎ澄まされていく。それと同時に、かぐやは己が思考の迷宮にはまり込んでしまったことを自覚した。

（以前、仕入れた知識では『お医者さんごっこ』なる遊びには性的な側面があるとのことでした。つまり、保健室に連れ込み看病する行為も、なんらかの性的行為として周囲に受け止められる可能性が高い――？）

性的疑心暗鬼――箱入り娘であるかぐやは、まだ性的知識と現実の折り合いがうまくついていない。小学校高学年レベルの性知識。

自分からのアプローチは、想像以上の衝撃を周囲に与えてしまう可能性があることをかぐやは経験則から学習しているのだった。

わずかなりとも性的な意味を帯びる可能性がある発言は控えるべき。それがかぐやの導き出した防衛策だった。

（でも、それでも私は――）

かぐやは、誰にも見られないように小さく拳を握りしめる。

（いつもの駆け引きとは違う。私は……そうよ。私は、会長に無理をしてほしくない。普段から寝不足の会長に――それに、会長がまだ『会長』でいてくれるのは、私のわがままのせい――かも、しれないんだから）

珍しくしおらしい考えを抱いたかぐやは、小さく息を吸い込んでから、意を決して口を開いた。

しかし、かぐやが言葉を発するよりも先に、

「あ、いいことを思いつきました」

と、藤原がにこやかに宣言するほうが少しだけ早かった。

♂♂♂

「つき合っているふり？」

白銀とかぐやは思わず声を揃えてしまい、顔を見合わせた。

「――っ」

次の瞬間、白銀は勢いよく目を逸らした。妙に濡れたような四宮の瞳を見て、どうしようもなく頬が熱くなってしまう。見れば、四宮も同じようにうつむいている。

「言って聞かない相手なら、見せて理解してもらいましょう。かぐやさんに特定の相手がいることにしてしまえば、さすがに相手も諦めるんじゃないでしょうか？」

一方、藤原はそんな二人の様子には気づかず、にこにこと説明を続けている。

「不純異性交遊……」

ぼそりと伊井野が呟いたが、それだけである。おそらく、彼女的にはつき合っているふりをするのもいいこととは言えないが、しつこく脅迫状まがいのラブレターを送り続ける男子生徒のほうが許容できないのだろう。だから、藤原の提案も黙認しようとしている。

（――えっ、つき合っているふり？　四宮と？）

誰が？　俺が？

（石上会計が出払っている現状で、この場所に男子は一人きり……つまり、俺と四宮がつき合っているふりをするのは当然。なにも不自然はない）

白銀はあらゆるパターンを想定し、どこかに罠が潜んでいないか確認した。

かぐやの様子を観察し、藤原の発言がかぐやの誘導ではないか慎重に見極める。

さらに己の脈拍を計り、しかるのち赤くなるほど腕をつねり上げ、これが妄想でも夢でもないことをセルフチェック。

結果、問題はなかった。

問題は、どこにもなかったのだ。

「ふむ……」

「どうですか、会長？」

顎に手をやり、考え込むそぶりを見せる白銀に、藤原が伺いを立ててくる。

「それはつまり、四宮の相手役——つまり恋人役を俺がやるということか？」

「そうですよ。生徒会長と副会長だし、お二人なら不自然じゃないと思うんですよね」

わくわくと嬉しそうに藤原が言う。白銀は内心でガッツポーズする。

これで言質（げんち）を取った。

「俺の女（マイラブ）」宣言（・ＣＯ）により発生する諸問題はこれですべて回避できる。

（周囲からあれこれ言われたらこう言えばいい。「俺は生徒会長として、四宮を守るために演技しただけだ。ちなみにこれは藤原書記の提案だ」と）

白銀の心は、既に彼方へと飛んでいた。

つき合っているふりとは何をすればいいのだろうか？

廊下を歩く時に手をつないで、周囲の人間にアピール——誰も俺の女に手は出させない。

昼休みはお互いの弁当を交換、もちろん「あーん」で食べさせ合う——私も食べて？

放課後は二人だけの時間だ。誰にも秘密の場所で秘密のあれこれ——秘密だ！

完璧である。

そして、このつき合っているふりの素晴らしい点は、リアリティーを追求すればするほど、演技と現実の境界線が薄れていくという点にある。


——スタンフォード監獄実験。

これは一九七〇年代にアメリカで実際に行われた心理実験である。面識のない人間を集め、看守役と囚人役の演技をさせる。実験は囚人役をパトカーで逮捕する場面から始めるなど、リアリティーを追求したものであった。囚人は監獄を模した場所に閉じ込められ、屈辱的な生活を送ることを余儀なくされる。

すると、看守役の人間は時間が経つにつれ、囚人役に対して高圧的に振る舞うようになる。役になりきる以前の元の性格に関係なく、看守としてそれらしい人格を演じてしまう。

ついには暴力行為が蔓延し、精神錯乱者が出るに至って実験は中止となる。

これはわずか六日間の実験であった。

（つまり、恋人役を演じていれば、知らず知らずのうち、互いに恋人らしい感情が芽生え

るということだ。しかも今回は偏執的な男子生徒を納得させるためにリアリティーを徹底的に追求しなければならない。俺と四宮は、必然的に恋人として振る舞うことになる）

――好きになったほうが負けは絶対のルール。

だが、そもそもどちらからも告白がなされずにつき合いはじめた場合は？

（スタンフォード監獄実験では、心理学者さえもその異様なリアリティーに呑まれ、看守役の過剰な虐待を止めることさえ忘れていたらしい。俺たちが真剣に演技すれば、ここにいる藤原書記や伊井野さえも俺たちを本当の恋人と思い始めるだろう。やがて現実と虚構の境目はなくなり、俺と四宮は……うおおッ！　これならイケる！　長かった戦いよさらばっ！）

興奮に少しだけ白銀の手が震える。これが武者震いというやつだろうか。

その瞬間、四宮の眼光が鋭くなった気がしたが、白銀はかまわなかった。

（待っていろよ四宮。俺がおまえを守ってやる。そうだ。この、俺がっ）

白銀はため息をつき、気怠（けだる）そうな表情を作り、口を開いた。

「……藤原書記の言うことはもっともだ。いつも世話になっている四宮のためだしな」

「いいえ、会長。それには及びません」

刹那、氷のようなかぐやの言葉に、白銀は押しとどめられた。

「私は相手役は石上くんがいいと思います」

体育祭実行委員に書類を返し、ちょうど生徒会室に戻ってきた石上を見ながら、かぐやはそんなことを言うのだった。

♀♀♀

かぐやは、白銀の変化を敏感に感じ取っていた。

(先ほどから会長の頬が上気している。呼吸も荒い。熱が上がってきている兆候だわ)

さらに白銀がぶるりと大きく震えたのを見て、かぐやは思った。

(寒気に震えているんですね。早く休ませてあげなくては)

「……藤原書記の言うことはもっともだ。いつも世話になっている四宮のためだしな」

白銀のその発言を聞いて、かぐやは一瞬で覚悟を決めた。

(会長、それは私も同じです——いいえ、私のほうこそ、会長には普段、並々ならぬ配慮をしてもらっている。ならば、この恩を返さないのは四宮家の名折れ!)

「いいえ、会長。それには及びません」

そう、いつも生徒会長の激務に追われている白銀は、たまに風邪を引いた時くらい休んでいればいいのだ。

ちょうどいい時に、代役も帰ってきたことだし。

かぐやは、石上を見て、にっこりと微笑むのだった。

「私は相手役は石上くんがいいと思います。ねえ？　石上くん？」

「え、え？」

事態を把握していない石上は、かぐやの顔を見て目を白黒させている。

♂♂♂

（なんだ？　どういう状況だ、これっ）

白銀は懸命に事態を把握しようと努めていた。

つき合っているふりをしろと藤原が提案した。白銀とかぐやがそれに乗れば、その結果、どちらも損をせず、恋人を得るという利益を享受できるはずだ。

しかし、かぐやがそれを拒否した。これはどういう意味を持つか？

白銀には、彼女の意図がすぐに察せられた。

（つき合っているふりは本人の意思が最優先。俺はあくまで協力者だ。四宮が石上会計をパートナーに希望すれば、周囲の人間もそれに異を唱えるのは不自然。そして、俺がここで『俺が四宮とつき合っているふりをしたい』などと言い出してみろ。それは――）

それはまさしく告白と同義。

白銀の敗北が決定することになる。

（四宮めっ、まさかここで仕掛けてくるとは――あくまで完全な勝利を狙っているのか）

恋愛は戦。そして、四宮かぐやという女は、和平調停による終戦など望んでいないのだ。

白銀は深呼吸を一つし、一瞬で覚悟を決めた。

（いいだろう。そこまでおまえが戦いを望むなら、俺はあくまで受けて立つまで！）

今の白銀に求められているのは迅速性だ。兵は拙速を尊ぶ。藤原あたりが「じゃあ石上くんで決まりですね」などと言ってしまう前に発言をしておくべきだ。

「ふむ。ちなみに、今、この場にいる男子は俺と石上会計の二人だが、彼を選んだ理由はなにかあるのか、四宮？　この状況で肝心なのは脅迫状――ではなく、ラブレターの差出人をも欺くリアリティーだ。石上会計なら、それが演出できると？」

意見が対立した場合、まず自陣のメリットを挙げるよりも敵陣のデメリットをあげつらうほうが効果的である。

とはいえ、ここで白銀が石上の欠点をあげつらうことはできない。可愛い後輩を傷つけることになってしまい、それは白銀の理念――利己のために他者を犠牲にしてはならない――に大きく反する行為となるからだ。

だからまずはかぐやが石上を相手として希望する理由を聞き、それを攻撃するのが白銀の基本戦術となる。それならば石上への個人攻撃にあたらず、彼を傷つけることはない。

「そうですね。重要なのはリアリティーです。石上くんは最近、応援団に入るなどして自分を変えようと努力しています。これを私が評価した、というのをつき合い始めた理由にするのはいかがでしょう？　つき合っているふりをするとなれば、必ずその馴れ初めを周囲に質問されることになりますから」

かぐやは慌てる様子もなく言う。

それを受け、白銀は瞬時に反論を構築する。

どうやら事情を把握し始めたらしい石上が蒼白な顔で「え、僕が四宮先輩と？　いや、え？　僕の意見は？」と挙動不審になっていたが、それは無視する。

「ほほう……石上会計の心境の変化には俺も賞賛を惜しむつもりはないが、他人はどう感じるかな？　より評価されるべき人間が近くにいたら、リアリティーが薄れないか？」

言外に、「俺は秀知院学園の歴史で二人しかいない混院生徒会長であり、二期目の当選も果たした男だぞ」と含みを持たせる。

しかし、かぐやは動じない。

「『尊敬すべきは他人よりも優れている人間ではなく、過去の己よりも優れている人間』という言葉もあります。会長は確かに素晴らしい人間です。学年一位、生徒会長――しかし、それは以前からのことです。いまさら、私がそれを評価する理由としては薄いのでは？」

「ぐっ……」

白銀が言葉に詰まってしまうと、

「なるほど。一理ありますね」

意外にも伊井野がかぐやの主張に賛同の声をあげるのだった。

伊井野が石上を毛嫌いしていることは生徒会の全員が把握している。だからこそ、彼女の言葉にその場にいる全員が驚きを隠せなかった。

「四宮副会長の意見には確かにリアリティーがあります。わかりやすく、ストーリー仕立てにしてまとめるとこうなります」

全員の注目を浴びながら伊井野は人差し指をぴんと立て、語り始めた。

♀♀♀

たとえばそれは、こんなお話——

ある日、クズで不真面目な石上が廊下を歩いていました。

石上は馬鹿で阿呆で無法者なので移動する時も携帯ゲームを手放しません。おまけにヘッドホンまでつけて周囲の視覚情報と聴覚情報を遮断してしまっています。

みなさんも歩きスマホや歩きヘッドホンはいけませんよ?

少しの油断が事故に繋がってしまいます。

石上もいつかきっと痛い目に遭って、「いつも風紀委員が言っていたことは正しかったのだなあ。規則を守ることは、自分や大切な誰かを守ることに繋がるのだなあ。そんなことも知らなかったなんて、僕は本当に馬鹿で間抜けだなあ」と思い知ることでしょう。

案の定、その日、愚鈍な石上は曲がり角ですれ違った人に肩をぶつけてしまいました。

「あ」

「痛っ」

恩知らずで自分勝手な石上がぶつかってしまったのは、小柄な女子生徒でした。

石上はぼそぼそと気持ちの悪い声で謝罪のような言葉を呟いてその場を収めようとしましたが、相手の顔を見て、はっと息を飲みました。

「ごめんなさい、私の不注意で――って、あら、石上くんだったの? ……なにかしら、そのゲームとヘッドホンは?」

そう、石上がぶつかった相手は四宮副会長だったのです。

四宮副会長は石上に非があると知ると、これまでと打って変わって冷酷な瞳になります。

普段からにこにこと笑っている彼女は、目的のためなら手段を選ばない人特有の視線で石上を射貫(いぬ)きます。

「……どうやら、あなたには教育が必要なようですね」

「ひぃぃぃっ⁉」

不良である石上を四宮副会長は徹底的に教育しました。

まず反省のために石上の無駄に長く、見るも不快な髪の毛を刈り上げます。外見の乱れは風紀の乱れ。だからこそ、風紀の乱れを正すにはまず外見を正すべきなのです。

「ふふ、うっとうしい前髪がなくなってすっきりしましたね、石上くん。まるで小坊主のようですね。大丈夫、あなたは生まれ変わるんですよ。お経でも唱えているうちにすべて終わりますからね」

「ひぃぃぃっ⁉」

……こうして、不良だった石上は四宮副会長の手によって更生させられ、二人はいつの間にか恋仲になっていました。

坊主頭になって心を入れ替えた石上と、それを教育し引き連れて歩く四宮副会長は、秀知院の誰もが理想とするカップルになったのでした。

「でも石上くん、恋人とはいえ、私に指一本触れたらお仕置きですからね？　私たちは秀知院の規範として清く正しい男女交際をするのですから」

「ハイ、ワカリマシタ、ワカリマシタ。ワタシハ、アナタノチュウジツナ、彼氏(シモベ)デス」

こうして石上は相変わらずクズでノロマですが、四宮副会長の指導の下(もと)、これまでのような愚行は控えるようになりましたとさ。

　めでたしめでたし。

♂♂♂

「――というわけで、石上を更生させる四宮副会長という構図は、恋人になる馴れ初めとしてリアリティーがあります。石上の本当に酷すぎる長髪を坊主頭にするのですから、二人は恋人なのだと視覚的にも自然に周囲に訴えかけることができますね」

「いや、不自然だから。女に言われたから坊主になるって普通は考えるだけだから。前触れなく坊主頭になったら、何かやらかしたって伊井野は石上に悪意ありすぎ。たとえ話で石上の描写するたびに、いちいち愚図とか間抜けとか入れるのはさすがにどうかと思うぞ？」

　どこかうっとりとした顔で語る伊井野に、思わず素でつっこむ白銀である。

　石上も白銀のことをまるで救世主を見るような目つきで見、うんうんとうなずいている。

　反論を受けて、伊井野はキリっとした顔で石上を力強く指さした。

「坊主頭はハゲとは違います。髪の毛がこれから伸びるということは、人間の成長のメタファーです。ゼロからの再出発をして、何色にも染まらず癖もついていない髪の毛を伸ばしていく決意をすることは、真人間になるという希望の象徴なんです！　でもスキンヘッドは素敵ですよね！」

「ちょっとは自重しろよ、おまえの性癖！」

力説する伊井野に白銀は恐怖を覚えた。

「会長。反対意見を述べる際は代替案を言っていただけますか？　会長だったら、どのような馴れ初めがあればリアリティーが生まれると思うのですか？」

「む。俺か」

白銀は顎に手を当て、しばしの思案を演じる。

「つまり俺と四宮の馴れ初めをプレゼンすればいいんだな。それなら、こんな感じでどうだろうか――」

かぐやが、にこにことしながら、しかしその実、獲物を狙うような目で白銀のことをじっと見つめている。

白銀はその視線をはっきりと感じながら、語り始めた。

♂♂♂

たとえばそれは、こんなお話――

ある日、俺と四宮が生徒会室で二人で作業をしているとしよう。

なにせ生徒会メンバーは全員優秀で、生徒会以外にも様々な部活や委員会に所属していて多忙な身だからな。二人っきりになることも珍しくない。

俺と四宮はそこで生徒会の仕事について些細な愚痴をこぼし合うんだ。

まあ、もちろん本気じゃない。

俺だって好きで生徒会長に立候補したわけだしな。

だが面倒な事務仕事の息抜きとして、俺たちは「今度の休日、どこか遊びにでも行きたいな」なんて会話をする。

すると、四宮が何かの割引券や入場券を偶然持っているんだ。

これは本当に偶然だ。四宮は家柄が家柄だから、どうしてもそういう優待券なんかをもらうことが多いらしい。だから、本当に偶然だと俺は理解している。

そうだな……たとえば今回の場合、四宮が持ってきた優待券は映画の——

いや、映画は駄目だ。

理由？

だって、映画館に二人で行っても隣同士の席になるとは限らないからな。

え、そんなはずはない？　二人で映画館に行って、別々の席で見る理由がないって？

あるんだよ、これが。世界は不思議に満ちている。絶対なんて言葉は無価値だ。なぜか別々の席で映画を見ることだって、俺たちには十分、起こりうることなんだ。

まあいい。とにかく映画は駄目だ。映画じゃなくって、たとえば水族館――

いや、水族館も駄目だ。

だって、とある誰かにとっては、まさに俺たちが今いるこの場所が水族館かもしれないだろ？

え、意味がわからない？

いや、正直、意味がわからないのは俺も同じなんだが、とにかくそうなんだよ。

ありのまま昔、起こったことを話すぞ。俺の知り合いがかつて、ある女性を水族館に誘おうとしたら、いつの間にかここが水族館になっていたんだよ。

つまり、そういうわけで水族館も駄目だ。

だから、つまり――

♀♀♀

「あーはいはい！　駄目駄目！　リアリティーが欠片もありませんよ！　会長の案はとにかく却下です！」

白銀がまだ喋っているというのに、藤原がぴーぴーと笛を吹き鳴らしてそれを遮った。

いつの間にか藤原は【トキメキ判定人】という腕章をつけている。

「会長のプレゼンした理想の出会い・告白シチュエーションはゼロ点ですね。次回はもっと頑張ってください」

「おい、いつからそんなゲームになったんだ？　聞いてないぞ」

白銀はそれだけ言うと黙り込んでしまった。

どことなく伏し目がちな白銀の表情を盗み見て、かぐやは思った。

（やはり会長は具合が悪いのね。あんなにわけのわからないことを言うなんて。それに普段だったら、藤原さんの横暴に対してもう少し文句を言うはずよね。きっと熱で思考がまとまらないのでしょう……まったく、藤原さんもこういう時くらいはいたわってあげるべきです）

かぐやのそんな願望は当然藤原に届くはずもなく、ぽわぽわと実に楽しそうな顔で藤原はゲームの続きを促すのだった。

「はい。じゃあ次はかぐやさんの番ですよ」

「私もやるんですか？」

「当然です。かぐやさんのためにみんなが作戦を立てているんですよ。じゃあ、ほら、かぐやさんの考える理想の出会い・告白シチュエーションを発表しちゃってください」

恋バナ大好きの藤原はすっかり目を輝かせている。

かぐやは口元に手を当てて一瞬だけ思案する。

(普段だったら、たしかに興味深いゲームなのよね。うまく利用すれば会長に対する有効打になったでしょう。ですが、今は会長の体を優先すべきだわ。私が早くこのゲームを終わらせてあげるべきですね。ほら、今もあんなに具合悪そうにしていますから。さて、ではこのゲームの勝利条件は——)

ちらりと石上に視線を走らせる。その瞬間、石上がぶるりと身を震わせた。

「あれ?　なんだろう、寒気が……」

「風邪引いたならマスクしてよね。他人にうつったら迷惑だから。あと夜寝る時はあったかくして、ゲームして夜更かしなんて言語道断よ」

石上の呟きに伊井野が辛辣な言葉を投げかけている。

(このゲームの勝利条件は石上くんと私がつき合ってもおかしくないストーリーを提示すること。正直、石上くんのことは恋愛対象としては少しも考えられないけれど、藤原さんたちを欺くレベルの出会い・告白シチュエーションくらいは、いくらでも思いつけます)

かぐやは小さく息を吸う時間だけ思考に費やし、それからゆっくりと語り始めた。

♀♀♀

たとえばそれは、こんなお話――


私と石上くんの出会いについては、あらためてお話しすることもないでしょう。

それに、私の場合は石上くんを恋愛対象として見るに至った経緯(いきさつ)をプレゼンすればいいわけですよね。

では、やはり応援団に入ったことがきっかけとして自然でしょうね。

私と石上くんはそれまでは生徒会の先輩と後輩という関係でしかありませんでした。

石上くんは仕事はできる人ですが、学業をおろそかにしている点にやや不満がありました。そういえば、私が勉強を教えたこともありましたね。

石上くん、あのとき、きちんと復習をかかさないようにと忠告しましたが、私の言いつけは守っていますか？

ちゃんと私の目を見て答えてください。

……ふう、まあ今はこの話は置いておきましょう。

とにかく、石上くんが応援団に入団してから、実は私と石上くんの接点が増えました。

私の制服を貸したり、お化粧を教えてあげたりして――

♀♀♀

と、そこまで話したとき、かぐやは白銀の異変に気づいた。

白銀がぷくーっと頬を膨らませているのである。

（え、会長？　急にどうしたんです？）

そんな彼の表情をいぶかしげに見ていたかぐやは、はっとあることに思い至った。

（そうか、会長はおたふく風邪にかかっているのね！　だからあんなに頬が腫れてしまったんだわ！）

おたふく風邪。正式には流行性耳下腺炎（じかせんえん）という。

ウイルス性の感染症で子供がかかりやすい病気として知られるが、大人になってから罹患（りかん）したほうが症状が重くなる場合が多い。

有効なワクチンが開発されており、かぐやは幼少時にそれを接種しているから罹患する可能性はほぼないはずである。

だが、既に白銀がおたふく風邪にかかってしまったというのなら、事態は急を要する。

なぜなら、おたふく風邪は様々な合併症を引き起こしてしまう危険な病気であり、そのなかには難聴や不妊症になってしまうケースさえある。

不妊症。それは、特にかぐやにとって見過ごすことができないものだった。

(会長は将来、野球チームが作れるほど子供がほしいと言っていた……その将来の夢を、こんな場所で潰してしまうわけにはいかない！)

かぐやの瞳に決意の炎が宿る。

かぐやはそれまで以上に熱を込めて、石上と自分がつき合うに足るストーリーを語り続けた。

全力で思考し、それまで路傍の石程度にしか認識していなかった石上をどうしてかぐやが恋愛対象として見るようになったかを様々なエピソードで肉づけした。

藤原や伊井野が感嘆の息を漏らしている。

しかし、かぐやの焦りは募るばかりだ。

なぜなら時間が経つにつれ、白銀の頰がぷくぷくっと膨れ続け、針でつついたらぱんと弾けそうなほどになっているのだから。

(くっ――まずい。このままでは、未来の会長の子供が失われてしまう！)

焦りと裏腹に、かぐやの語り口はさらに巧妙になり、口調は熱を帯びていた。

だが語り部であるかぐやが手応えを感じれば感じるほど、白銀の頰も膨れて大きくなり続けている。

精神力の強い白銀も我慢ができなくなっているのか、今ではすっかり涙目になってしまっているではないか。

(もう限界だわ。次のエピソードで一気に決めます!)

かぐやは決意した。

「……そして、私と石上くんに決定的な転機が訪れます」

そう言って、一瞬のためを作る。こうすることによって、観客の注目を集めることができるからだ。

果たして、その狙いはうまくいった。藤原はすっかりかぐやの話に食いついているし、伊井野も熱に浮かされたように身を乗り出している。

例外は、なぜか部屋の隅でぶるぶる震えている石上と、今にも泣き出しそうな白銀である。だが、それもここまでだ。かぐやが様々な角度から検証し、誰が考えても納得できる理想のエピソードがある。

「そ、それは一体……?」

藤原が待ちきれなくなったのか口を挟む。

「それは――」

ごくり、と誰かがつばを飲み込む音。

かぐやは十分に間を持たせてから、そのエピソードを口にした。

百人が聞けば百人が納得する「人が恋に落ちる瞬間」のエピソード。

かぐやの考えたその必殺のエピソードとは——

「ある雨の日、石上くんが捨てられた子犬に傘を差しているのを見てしまったのです」

「…………」

「…………」

どうだ、とかぐやは自信満々で藤原と伊井野の反応をうかがった。

二人ともあまりにロマンティックな内容に、言葉を失っているようだった。

「さて、どうですか、藤原さん。感想は?」

自信に満ちあふれた表情でかぐやが聴衆の様子をうかがう。

だが、藤原は思ってもみなかった反応をした。

「ぷっ——」

「……え?」

かぐやは一瞬、状況が把握できなかった。

まさか彼女もおたふく風邪にかかって咳き込んだのかと心配してしまったほどである。

しかし、そうではないと悟ったのは、続けて藤原がくすくすと笑い始めたからだった。

「なんか、最後だけ急にすごいありきたりになりましたね。いえ、いいと思いますよ。うん、雨の中の子犬って最近では見かけなくなった類いの話ですし。一周回って斬新かもしれません。はい、とてもお可愛いお話でした」

「お可愛いお話っ⁉」

かぐやは絶句した。それから、急に恥ずかしさがこみ上げてくる。

（私は――そうよ。私は、ただ会長を早く休ませようとしていただけなのに。どうして藤原さんに馬鹿にされなくてはいけないんですか？　いいえ、そもそもこんな馬鹿げたゲームにつき合わされているのも、藤原さんのせいじゃない）

かぐやは、鋭い目つきで藤原のことを睨みつけた。

「ひぃぃぃいっ⁉」

部屋の片隅で、石上が怯える声が聞こえた。

♂♂♂

嵐が来たのだと白銀は思った。

「だから、私がつき合うふりをするとしたら石上くんなんです！　本人である私がそう推薦しているんですからいいじゃないですか！」

「それはかぐやさんだけの意見じゃないですか。あくまで問題なのは第三者がどう考えるかですよ。これで誰も騙せなかったら意味ないんです。そのために真実味のあるストーリーをみんなで探そうとしてるんじゃないですか」

かぐやと藤原が侃侃諤諤（かんかんがくがく）と言い争いを続けている。

誰にも、そこに口を挟む余裕などなかった。

「じゃあ他の人に聞いてみましょうか……たとえば、ねえ、伊井野さん。あなたは、私と石上くんがつき合っているふりをするということに異存はないですね？」

「え⁉　は、はい……そうです。私はそれでいいと思います」

伊井野が泣きそうになりながらかぐやに追従した。

「ほら、第三者もこう言っています。やはり私と石上くんがつき合っているふりをするのは正しいんです。本人が言うのだから間違いはありません」

「あの……僕の意見は……」

石上はおずおずと手を上げたが誰からも無視された。

白銀は焦るがどうしても逆転の策が思い浮かばない。

（くっ！　まずいぞ、このままではっ！）

このままではかぐやと石上がつき合うふりをするということで決定してしまいそうだ。

白銀はなんとかそれを覆さなければならない。

かぐやと石上がくっついたら不自然な理由を何か探さなければ――

いや、実際には思い浮かぶ理由はいくらでもあるのだが、さすがに石上が不憫すぎて口に出せないでいるのだった。というか、石上を批判するコメントばかり思い浮かんで、思考に支障をきたすレベルである。

(石上――俺はおまえを尊敬すべき人間だと思っているが、ちょっとどうにかしてほしい部分はマジでちょっとどうにかしてくれっ!)

白銀の心の叫びは当然、誰にも届かない。

混沌としつつも趨勢(すうせい)が決しつつある生徒会室――そこに一石を投じたのは、またもこの女であった。

「ちょっと待ってください!」

鹿撃ち帽を脱ぎ捨て、藤原が叫ぶ。

(……藤原書記?)

なぜ今になってラブ探偵のトレードマークを脱ぐのか? そもそもその帽子、本当に必要なのか? わざわざ帽子の上からリボンをつける意味はあるのか?

疑問はつきない。

藤原の行動は読めない。彼女の思考回路は、秀知院でトップクラスの頭脳を誇る白銀にとっても理解不能の領域だった。

だが、だからこそ、藤原の言葉はかぐやの思惑さえも破壊する力を持つことがあるのだ。

(頼む、藤原書記。逆転の一手を……そうでなくとも、この場をかき乱してくれれば今は

それだけでありがたいっ）

　白銀は祈った。そして、藤原の言葉を待つ。

「石上くんよりもふさわしい人物がいます！」

（よし！　そうだ。そして言え、俺の名をっ）

　拳を握りしめて白銀は藤原の言葉を待つ。

　ふと、かすかな不安が頭をよぎる。これまで、藤原の言動にどれだけ振り回されてきたかを――だが、いや、しかし。

　白銀は信じて彼女の言葉を待った。

「それは――」

（それは？）

　運命の一瞬。緊張が極限まで高まり、白銀はもはや卒倒しそうなほどであった。

「会長です！」

（俺だああっ！　よし、いいぞ藤原書記っ！）

　思わず叫びだしてしまいそうになった白銀は、咄嗟に咳払いをして誤魔化した。

　そして、突如として現れた救いの手に冷静さを欠いた白銀は、藤原が少しむっとしているのに気づくことができなかった。

「っ――こほん。――ふむ。して、藤原書記。その理由は？」

すねたような面持ちで、藤原は呟いた。

「成長してるっていうなら、会長のほうが成長しています。私がどれだけ会長にいいように使われているか……」

「お、おい藤原書記……」

藤原が言っているのは毎度の特訓のことであるのは明白であった。

白銀としてはいいように使っているつもりはないが、彼女にとっては大きな責任と負担を伴うものであることは理解していた。

「私はすっごく頑張ってるんですよ!!」

そして、その成果である成長を否定されては今までの苦労が無意味に思える。

そういう怒りであった。

しかし、藤原は案外口が堅い。秘密にしてほしいと言えば、どんな場面だろうと口を割らない律義さがあり、そのあたりが四宮かぐやと友人関係を続けていられる要因の一つでもあった。当然、特訓について触れる時は内容を適度にボカシて話す。

「会長にテクをたたき込んだのはこの私なんですよ!」

「言い方ァ!!」

ボカシを入れたらいかがわしさが出るのは世の常であった。

「私は会長に手取り足取りあんなことやこんなことを教えてあげてるのに」

「わかったから！　もう頼まねえから！」

「会長は私を求めるばかりで要らなくなったらポイですか！　ひどい男！　責任取ってください！」

「おまえ馬鹿なんじゃねえの！」

藤原には自覚がないだろうが、相当人聞きの悪いことを言いふらされた白銀である。

慌てて周囲の反応を見てみると、伊井野は顔を青ざめたり赤らめたりと忙しい。石上が「また藤原先輩は」と呟いているのが救いであった。

そして、肝心の四宮は……と、白銀は恐る恐るかぐやのほうに目を向けた。

♀♀♀

──私は会長に手取り足取りあんなことやこんなことを教えてあげてるのに。

（あんなことやこんなことって、どんなことなのでしょう？）

再三ではあるが、四宮かぐやの性知識は小学校高学年レベルである。

それに対し、『手取り足取りであんなことやこんなこと』は中学生レベルの問題であり、かぐやにとってはまだピンとこない表現であった。

むしろかぐやにとって心配なのは白銀の容態である。

「なんだこの状況……い、いや、違うんだ四宮……」

白銀の声はかすれ、今にも消え入りそう。普段からはきはきと喋る彼が、こんなか細い声を出すとは緊急事態だ。

それに藤原千花があんなことやこんなことと騒ぎ始めたあたりで白銀の顔色は一層青ざめてきているではないか。

いつまでもダラダラと話を続けている場合ではない。大きな声を出して会長をあまり興奮させないでもらいたい。

かぐやはもはや、実力行使を厭(いと)わなかった。

普段より強い声色で声をかける。

「藤原さん！」

「ひっ」

かぐやの呼びかけに反応したのはまたしても藤原ではなく、いつもより一層縮こまって震える伊井野だったが、かぐやは気にしなかった。

「おいおい、伊井野。これくらいでブルってるんじゃまずいぞ？　本気になった四宮先輩を前にしたら、立っていられなくなるんじゃないか？」

石上が震える伊井野を笑っている。小声でかぐやに聞こえないように言っているつもりらしいが、思いっきり聞こえている。

かぐやはそんな石上を見て言う。

「私は石上くんと恋人役をやります。反論は聞きません」

石上は崩れ落ちた。

♂♂♂

石上を抱えて白銀は叫んだ。

「石上ぃぃぃぃぃぃぃ！」

石上にとっては、逃げきれると思い、安心して弛んだ心の隙間を鋭い氷柱に貫かれたかたちである。

石上は少しピクピクと痙攣した後……動かなくなった。

（なんでそうなるんだ！）

とは、石上と白銀の共通の思いである。

（まさか、俺と藤原がマジで変な感じになってると思ってるわけじゃないよな……？）

「……いや四宮……これは違うんだ誤解なんだ……！」

白銀が弁明をしようと口を開くと、藤原がめそめそと泣きだした。

「何が誤解なんですか……私をさんざん弄(もてあそ)んで、あまつさえ……なまこで……！」

（なまこってなんだよ！　完全に言いがかりじゃねえか！）

そう反論しようとした白銀に先んじて、かぐやが藤原にきっぱりと言う。

「藤原さん、そうやって会長を（大きな声出して）興奮させるのはやめてください」

「興奮なんてしてねえから……」

白銀の顔はみるみる青ざめていく。その様子は、かぐやでなくとも病人を連想させるほどであった。

かぐやの眼光が、ぎらりと抜き身の日本刀のような鋭さを帯びた。

その迫力にたじろぎながらも、白銀はすがりつくようにかぐやに手を伸ばした。

「な……なあ四宮、信じてくれるよな……俺はそんな男じゃ……」

「もう喋らないでください」

「えっ……」


「会長は、病気なんです」

白銀は崩れ落ちた。


その後の出来事を白銀はおぼろげにしか記憶していない。

私が頑張って教えたのにと涙声で嘆く藤原と、あんなこととこんなことの真相を聞き出すべくキョロキョロしてる伊井野。

そして白銀は、動かなくなった石上と共にかぐやにずるずると引きずられながら、どこかへ連れていかれたのだった。

♂♂♂

夢というのは不思議なものだ。

人間の脳は、睡眠をとることによって情報の整理を行う。要らない記憶、必要な記憶。どういう原理かはわからないけれど、脳が勝手にその取捨選択をして残す記憶を選ぶ。

たいてい、忘れたい記憶を残すのは、皮肉な話だと思う。人間が効率よく生存するためには、傷ついたり危険にさらされた経験ほど、有益なものはないからだ。

だから、僕の見る夢はたいてい悪夢だ。


——ねえ、見つかりましたか?


「うわっ、どなたですか?」

女の人がブランコで遊んでいた。

枯れてるんだか生きてるんだかわからない木の幹は、揺れる人体の重さでメキメキと音を立てている。なんでわざわざこんな今にも折れそうな木を選ぶかな。危なっかしいったらない。

「ねえ、見つかりましたか？」

「見つけるって何をです？」

彼女はブラブラと揺れる。

「あたしの一番大切なもの」

彼女の表情がいまいち見えない。少なくとも、笑ってるようではなさそうだった。だけどそういう禅問答みたいなやり取りは、決して嫌いではなかった。

彼女は一番大切なものが見つかったかと聞いてくる。うーん。一番大切なものが何かによって、答えは全然変わってくる。ともすれば、一番大事なものというのは、この問題の重要なファクターではないのかもしれない。だとすれば……探し方かな？

「一番大事なものは、自分で見つけないと意味がないと思いませんか？」

彼女は、ブラブラと、ブラブラと揺れる。

おかしい。

「自分じゃ見つけられないいんだもの」

彼女は、ブラブラと。

何かがおかしい。何がおかしいのかわからない。というより、何もかもおかしすぎて、何がおかしいのかわからない。

「いや……だから……自分の足で探せばいいんじゃ……」

そこまで言って気づいた。

ブラブラしているのは足だ。

じゃあ、ロープはどこに、

つながって。

視線を上に向けると、彼女と目が合った。

彼女は、いや、それは、

四宮先輩の死体だった。

「うあああああああああああああああ!!」

心臓がバクバクと跳ねていた。

額の汗が垂れ、鼻先から毛布に落ちた。

——どうかしましたか?

夢。どうやら悪夢を見ていたようだと石上は気づく。夢の内容を思い返すが、断片的なイメージしか浮かんでこない。それでも、やはり最後のシーンははっきりしていた。

「すみません。ちょっとよくない夢を見ていたみたいで」

石上が周囲を見やると、どうやらここは保健室であることに気づく。時刻ははっきりとしない。ちかちかと蛍光灯が作るかぐやの影が、カーテン越しでもわかった。

——へえ、どんな夢を？

本人を前にして言うべきことではないのかもしれないが、口がよく滑るのが石上優である。ブランコのように揺れる、首を吊っていたかぐやの話を、覚えている限り吐き出した。

——そう、私は死んだのですね
怒鳴られるかと思ったが、四宮かぐやは冷静に返してくる。カーテン越しで表情が読めないのは少し不安であった。普段、かぐやに怯える石上にとって皮肉な話だが、今は四宮の顔を見たいという気持ちで溢れていた。

カーテンに石上は手を伸ばす。

——それってもしかして
「こんな顔ではありませんでしたか？」

そこには白骨化したかぐやの死体があった。

石上は死んだ。

ショック死である。

♀♀♀

叫び声をあげて、再び意識を失った石上を見下ろして、かぐやはくすくすと笑った。

「あらあら」

最近のかぐやのマイブームは石上に悪戯（いたずら）を仕掛けることである。

すこしやりすぎたと反省しつつ骨格の標本を定位置に戻すと、石上の頬をぺしぺしと叩いた。石上は甦った。

第2話☆

聖騎士様は無双したい

多くの犠牲を払い、血を流し、竜を封じた。

ついに平和が訪れたと誰もが言う。

だが、それは間違いである。


竜は力を蓄え今もこの世界に存在する！

ホーリーサイドとダークサイド、王国を守護する側と滅ぼす側。

もし貴殿が気高く生きようというのなら、決して敗者になってはならない。

時代は戦（いくさ）！

滅ぼされたほうの負けなのである。


私立秀知院（しゅうちいん）学園。

かつて世界を支配した竜を封印する機関として創立された由緒正しい名門魔術学校である。

古代魔術が禁止された今、封印の力もまた弱まり、強大な力を持つ竜が再び目覚めようとしている。

――そんな恐ろしい竜を倒せる人間が、凡人であるなど許されるはずもない。

そこまで読み終えた白銀（しろがね）は戸惑った声をあげた。

「これ、本当に最後まで読む必要あるのか？」

顔には伊達眼鏡（だてめがね）をかけ、片手には教鞭を持って女教師に扮した藤原（ふじわら）が反論する。

「なに言ってるんですか！　基本設定を覚えずにＴＲＰＧはできませんよ。隅から隅まで覚えろとまでは言いませんが、公式のルールブックを買うのは最低限のマナーです。今回はＴＧ部が制作したものですから、お金を払う必要はありませんが、せめてもの礼儀としてプレイングマニュアルは熟読してください」

「いや、でも古代魔術が禁止されたから封印の力が弱まったとか、説明がざっくりすぎて全く内容が頭に入ってこないんだが……」

「待ってください、会長。それならこちらに別冊の用語辞典があります。イラストつきでいろいろと解説してありますよ。ああ、この絵描いたの藤原先輩ですね。いつも生徒会室のホワイトボードに落書きしてるのと同じタッチです」

白銀が不満を漏らしていると、隣に座った石上（いしがみ）が数十ページにもわたるコピー用紙の束を手渡してくる。

「う――いや、確かにそれを読むのはつらいな」

「読む前から拒否しないでくださいよっ！　だいたい最初にＴＲＰＧに興味があるって言ったのは会長でしょ！」

「いや、だからってこれはやりすぎだろ……」

白銀が藤原に言い返していると、隣から救いの手が差し伸べられた。

「まあまあ、白銀くん。こういうのは雰囲気も大切だから。今は藤原さんの作ってくれたマニュアルを読もうよ」

「そうっすよ、会長。こういうのはプレイ前にどれだけ感情移入できるかも、プレイヤーとしての能力なんですよ」

　そんな風に白銀を宥めたのは柏木渚とその彼氏だった。二人は並んで腰かけ、なぜか一冊のルールブックを二人で持って顔をくっつけるように読んでいる。

「あ。渚、見てここ。『竜を倒した者には、報酬は望むがまま』だって。どうする？　竜倒したら、何が欲しい？」

「えー？　どうしよう。何がいいかなー」

　恋人同士であると周囲に公言している柏木たちは、白銀に助言をした数秒後には、もう二人の世界に入ってしまっていた。

　その様子を見て、石上の目が暗く沈む。やがて、石上はどこからともなくトイレットペーパーを取り出し、八相(はっそう)に構えた。攻守の利点を兼ね備え、また介錯の際に用いられることでも知られる構えである。

「石上！　ゲーム、今はゲームに集中しよう！　な⁉　俺たちは仲間なんだから！」

常にない石上の本気を感じた白銀は、必死の形相で後輩を制止するのだった。

――そう。白銀、石上、そして柏木カップル。彼ら四人は血よりも濃い絆で結ばれた仲間だった。

目的は旧校舎に眠る古竜の退治である。

彼ら四人の旅が失敗すれば、強大な力を持つ竜が千年の眠りから目覚め、世界は瞬く間に火の海に沈むだろう。

封印が解ける前に竜を倒すことこそが、彼らに課せられた使命だった。

この世界の命運は、四人の勇者たちの手に委ねられたのである。

♂♂♂

発端は白銀の何気ない一言だった。

石上とかぐやがつき合っているふりを始めてから、三日目のことだった。

例の作戦だが、二人がつき合っているという噂は広まらなかった。演技だと見破られてしまったわけではない。

藤原が聞きこみをしたところ、一般生徒の目にはかぐやが石上に教育的指導をしているようにしか映らなかったらしい。

だが、それがかえって功を奏したようだ。嫌がる石上を無理やり連れ回すかぐやの姿に恐れをなしたのか、不思議と手紙はぴたりと止まったのだった。

狙った効果を生んだわけではないが、結果がよければすべてオーケーである。

無事に恐怖の時間から解放された石上は、生徒会室で気ままにゲームを楽しんでいるようだった。もう彼はかぐやとつき合うふりをする必要がない。白銀はいつも通りの石上を見ながら、ふと、決まった役割を演じる、とある遊びについて思い出した。

「石上はTRPGってやったことあるか？」

「ええ、ネット上でのセッションなら」

「なんか最近、また流行(はや)ってるみたいじゃないか」

「そうですね。あ、会長、もし興味があるなら――」

石上が言いかけた瞬間、いつものようにあの人物が勢いよく登場した。

「話は聞かせてもらいました！　ＴＲＰＧに興味があるなら、実際にプレイしてみるのが一番です。ちょうどここに、秀知院学園を舞台にしたシナリオがあります」

言うまでもなく、藤原千花だった。

藤原はプリントアウトされたコピー用紙の束を手にし、制服の上から白いたすきをかけている。石上が指さしながらそのたすきの文字を読み、驚きの声をあげた。

「あ、『ＴＧ部』！　ＴＧ部って書いてある！　藤原先輩のくせに嘘偽りない看板掲げてますよ。逆にこの人のほうが偽物なんじゃないですか？」

「ふふ……私が偽物かどうか知りたいなら、知力か心理学で判定振ってください」

藤原は不敵に笑いながらコピー用紙を白銀と石上に一部ずつ手渡した。

白銀は反射的にそれを手に取って尋ねる。

「興味があると言ったのは確かだが、今からゲームを始めるのか？　今日は四宮も伊井野も部活と委員会があって、生徒会には来られないと言っていたぞ。三人だけでも大丈夫なのか、このゲームは？」

「ちょうど昨日、ＴＧ部の三人でプレイしたゲームですから、その点は心配ありません。ですが、確かにもう少し人数がいたほうが楽しいですね。そうすれば私はプレイヤーじゃなくってＧＭに専念できますから。ちょっと探してきますので、その間にマニュアル読んでおいてください」

そして藤原は勢いよく生徒会室を飛び出していく。彼女が廊下を歩いていた柏木たちを捕まえてきたのは、その十六分後のことだった。

白銀、石上、柏木とその彼氏。頭数が揃ったところで、キャラクターの作成をする。

「職業はこの中から自由に選んでくださいねー」

と、藤原がにこにこしながら一覧表を見せてくれたが、白銀はどれを選べばいいのかさっぱりだった。

【剣士】や【魔法使い】はわかる。しかし、【首吊り死体】だの【ヒロインの好感度を教えてくれる主人公の友人】だのはもはや、職業といえないのではないか?

白銀が豊富すぎる職業に頭を悩ませていると、

「じゃあ僕は、【呪術医師】にするよ」

「それなら私は、【時空航海士】にしますね」

と、病院の後継者と造船会社の娘がそれぞれ答えていた。

あっさりと職業を決めた彼らの様子に、迷っていた石上がなるほどと顔をあげた。

「その方法なら、僕の父は玩具メーカーだから一番近いのは【遊び人】ですね……」

「ふむ。うちの親父は職業不定だから……まあ、【遊び人】かな……」

答えた途端、石上と白銀の周囲の空気がずしーんと重くなった。一方で、柏木たちは能力値を決めるためにダイスを振ってきゃらきゃらと笑い声をあげている。

光と影が明確に浮き彫りにされたようで、白銀はとても暗い気持ちになった。
そんな白銀に、藤原が呆れたように白い目を向けていた。
「いえ、これはゲームですからね。変なことを気にして勝手に劣等感を覚えないでくださ
い。アドバイスすると、呪術医師は回復役、時空航海士は移動スキルが豊富ですから、二
人は戦闘タイプの職業を選ぶとバランスがよくなると思いますよ」
「藤原は職業を決めないのか？」
「私はゲームプレイヤーではなくって、ＧＭという進行役になります。だから竜退治は四
人で頑張ってください」
白銀は【聖騎士】、石上は【暗黒魔道士】を選ぶことにした。
次は能力値だ。ダイスを何度も振って、筋力や知力などの値を決めるらしい。
「いちいちダイス振らなくても、ネットでランダムに能力値を決めてくれるサイトがあり
ますよ」
石上がそう言うと、藤原は腰に手を当ててため息をついた。
「わかってないですね。ダイスを何度も振るのがＴＲＰＧの醍醐味じゃないですか。むし
ろダイスを振るためにＴＲＰＧをするといっても過言ではありません。そんな楽しい作業
をクリックひとつですませてしまうなんて、もったいないじゃないですか？」
と、藤原が頑なに言うので、生徒会室にはしばしの間、カラコロとダイスの音だけが響

く時間が流れた。

ようやく四人が能力を決め終えると、藤原が待ってましたと言わんばかりにそれを取り出した。

「うおっ、デカっ！」

それは一抱えもある巨大な六面体ダイスだった。しかも四個。たまにバラエティ番組などで芸能人が振っているのを見たことがあるが、普通だったらまず手にしない代物だ。

「校内を移動しながら行うタイプのゲームですから、これくらいの大きさじゃないと逆に不便なんですよ。さて、それじゃあ移動フェイズですね。全員、一個ずつダイスを振ってください」

「ちょっと待て、藤原GM。悪いが俺は本当に初めてだから、今決めた能力がゲームにどうかかわるのかも知らないぞ。まずは説明を求める」

「あー、会長ってゲームを買ったら説明書をがっつり読むタイプですね。個人的には好感が持てますが、今回の場合はゲームしながら説明したほうがわかりやすいと思います。大丈夫ですよ。何も知らないまま手探りで冒険するなんて、一生に一回しかできない体験ですよ？　ぜひ、その貴重な経験を楽しんでくださいっ」

「しかしな……いや、わかった」

にっこりと笑う藤原に押しきられるようにうなずく白銀だったが、内心では納得していなかった。

今のところ白銀がやったことといえば、わけのわからない世界設定を読まされ、何度もダイスを振ってそのたびに用意されたキャラクターシートに数値を記入しただけだ。

白銀には何が面白いのかさっぱりわからなかったが、柏木たちカップルは二人の世界に入っているし、石上も無言のまま真剣にキャラクターシートを睨みつけている。石上にしては珍しいほどに集中しているため、声をかけづらい。

藤原の言い分もわかる。が、何も知らない白銀に対してあまりに不親切だとも思う。

（これは失敗したかな……）

どことなく疎外感を覚えながら白銀は巨大なダイスを手に取る。

「それじゃあ行きますよ……せーの！」

藤原の言葉に合わせて白銀は手に持ったダイスを落とした。

しかし、他の三人は思ったよりも高くダイスを放り上げていた。

それにつられるように白銀の視線が上がり、そしてダイスと共に下がってくると、藤原のきらきらした瞳が目に入る。

他のすべてを忘れるほど、何事かに夢中になっている時の顔だ。

そんな童女のような藤原が見守るなか、ぽよんぽよんとダイスが飛び跳ね、やがてその動きを止め――

そして、その瞬間、確かに異世界への扉が開かれたのだった。

テーブルトークロールプレイングゲーム。通称ＴＲＰＧ。

ビデオゲームで一大ジャンルとして発展したＲＰＧの元となった遊びである。

要は、ビデオゲームならばコンピュータがしてくれる処理をダイスの出目と計算で行うのがＴＲＰＧだ。

敵と遭遇した場合は、敵の敏捷値（びんしょうち）の数だけ自分がダイスを振る。その後自分も自分の敏捷値の数のダイスを振り、自分の数値が敵の数値を上回れば先手を取れる――というように。

そしてなによりもこのゲームの醍醐味は、それ以外の行動をすべて自分で決められるということなのだ。

敵と遭遇したらダイスを振る――前にこちらが有利になるように周囲に火を放ってもいい。金貨をばらまいて敵の注目をひきつけてもいい。プレイヤーは現実と同じように、無限の行動を選択することができる。

その行動についてはＧＭと呼ばれる進行役が、ルールブックに基づいて判断することになる。だが、当然ルールブックではすべてを判定しきれないため、「幸運値でダイスを振ってください――残念。風向きが急に変化し、あなたの周りに火が回ってしまいました。敵に一ダメージ。自分に三ダメージ」「敵はゴブリンです。そもそも金貨に価値を見出しません。敵の先制攻撃を喰らってしまいました」などのようにＧＭのほうがアドリブ力を試されるという局面も生まれる。

このアナログゲームはビデオゲームとは違い、様々な制約がある。多人数でなければ遊べず、好きな場面でセーブもできず、一人の自己中心者のせいでそもそもゲーム自体が破綻する危険性もある。

だがそんな制約と不自由さこそが、それに倍する魅力と自由を連れてきてくれるのだ。

やったことのない人間は、今、これだけゲームが発達した時代にそんなアナログなことをして何が楽しいのかと思うかもしれない。

ロールプレイは演技の意味。

ＴＲＰＧが他のゲームと一線を画しているのは、そのゲームへの没入感である。

ひとたび、そのゲームの魅力に取り憑かれてしまえば、ダイスは異世界への鍵となる。

さあ。あなたはその鍵を使って扉を開けてもいいし、開けなくてもいい――

♂♂♂

「さて、それではあらためてゲームの説明をしますね。これは校舎全域をフィールドとしたＴＲＰＧです。旧校舎に眠る古竜を倒すのが最終目的となります。ゲーム前半は秘宝を集めるための冒険フェイズで、後半は竜との決戦フェイズですねー」

最初のダイスロールを終えると、藤原が指をぴんと立てて解説し始める。

生徒会室のあちこちに散らばったダイスの出目を確認して、

「四、四、二、一ですね。移動はこのマップ表を使います。単独行動はできないので、みんなで相談して行き先を決める感じです」

とコピー用紙を広げた。手書きの秀知院見取り図がマス目で区切られている。白銀は顎に手を当て、ふむ、とうなずいた。

「つまり合計で十一マス分、移動できるということか？」

これは間違いないだろうと確信して白銀が発した問いかけに、藤原は両手でおおきなバツ印を作って答えた。

「ぶぶー。合計値は関係ありません。校舎の移動には、エリアによって難易度が設定されています。廊下ならば二、校庭ならば三という風に細かく分けてあります。その難易度以上の目が出たダイスの数だけ移動できるというルールです。今回は二以上の目のダイスが三個なので、廊下を三マス移動できるということですね」

「ややこしいな」

白銀がそうこぼすと、すかさず石上が口を挟んだ。

「大丈夫です。似たようなルールのゲームは多いので、最初はどこへ移動できるか僕がフォローしますよ。それに、会長ならすぐに覚えられると思います」

「そうか。それだといいんだが――」

白銀がほっと安堵のため息をつくと、藤原が横からにゅいっと顔を出してきて、

「あ、ちなみに六の目を出すと時空震に巻き込まれて都道府県が一つ消滅する設定ですから気をつけてください。竜の封印が解けかかっているので鱗巫女（うろこみこ）の力を時空安定に回せないんですよ。それにみなさんの動向によっては六を出さなくても都道府県が消滅するので覚えておいてくださいね。ちなみに東京を除いた四十六の道府県が消滅すると秘宝を集める前に竜が復活してしまい、不利な勝負を強いられることになりますから、一つでも道府県を生き残らせるように注意しながら冒険してください」

「――すみません、会長。前言撤回します。藤原先輩の作ったルールがカオス過ぎてさっぱり予想できません。でもきっと不条理な出来事が多発すると思います」

楽しそうに謎設定を語り始める藤原。それを石上が、思春期の少女が下ネタを言う父親に向けるような目で見つめていた。

「と、とにかく移動しましょう。とりあえず、一番近い【図書室】を目指しますか？」

柏木が取りなすように明るい声をあげる。

「まあそうだな。考えても最適解はわからんだろうし、俺はそれでいいぞ」

「普通のゲームなら、チュートリアル的な意味でも近場の目的地は難易度低めに設定されているだろうし、僕もいいと思います。あくまで普通のゲームなら、ですが」

「僕も渚が言うならそれで」

他の三人が同意したことにより、一同は図書室を目指すことになった。

マス目で区切られた地図を見ながら、三マス分の距離を実際に進むとまたダイスを振る。

そんな風に移動とダイスロールを何度か繰り返していると、肩を並べるように歩く男女の二人組とすれ違った。

「あ、会長だ。こんにちはー」

「ああ……こんにちは」

白銀とすれ違う際に二人組は笑いながら頭を下げる。白銀はなんとなくダイスを背後を隠すようにしながらそれに応えた。

よくわからないゲームをしながら校内をうろつき回っている不審者に思われないかと冷や冷やしていると、藤原が突然、大声をあげた。

「はい、カップルと遭遇しました！　全員、ダイスロールをお願いします」

「え、なんで？　……まあいいか。そら」

白銀たちが振ったダイスを藤原が指折り数えて、そして叫ぶ。

「パーティーの合計値は十です。十二以下の場合はカップルの煽りを受けて都道府県が一つ消滅します。今回は徳島県が時空震に巻き込まれました」

「カップルの煽り強すぎじゃねっ⁉」

四千平方キロの広大な土地と、そこに居住する約七十五万人がカップルの煽りによって消滅したのだ。ゲームとはいえ、気分のいい話ではなかった。

「どうやら誰かとすれ違うとイベントが発生するみたいですね。一直線に目的地に向かうのではなく、人通りの少ないルートを選ぶ戦略も有効かもしれません」

石上が冷静にゲームの分析をしている。廊下に転がるダイスを白銀の分まで拾い上げ、それを渡してくれながら彼は言う。

「ですが、図書室まではあと二マスです。このまま向かうのが最善だと思います。その次の目的地とルートについてはひとつめの秘宝を手に入れてから考えましょう」

「うん、そうだね。秘宝を手に入れる順番や条件があるかもしれないけど、情報が少なすぎるから、とりあえず最初の目的地は変更しないで行ってみよう」

「僕もそれでいいと思うよー」

他の三人がゲームに順応しているのを見て、白銀は再び疎外感を覚える。

「お、おう……」

だが彼の気持ちとは無関係にゲームは進行するのだった。

「あ、保健室で回復アイテムが手に入りますよ。入りますか？」

「保健室⁉」

石上の肩が大きく揺れた。

「どうしたんだ、石上？」

「いや、その、保健室はちょっとやめておきませんか……」

「でも、終盤に向けて回復アイテムは確保しておいたほうがいいんじゃないかな？」

柏木がおっとりと意見を言う。

「いや、実はですね——」

石上は淡々とあの日の出来事を語った。

不思議な夢を見て目が覚めると、誰かに看病をされていた。だが、その相手の顔は——

「ふむ。なるほど、自分の看病をしていたのが、実は骸骨だったと」

「たしかに四宮先輩の声だったんですよ。だけど、カーテンを開けたら……」

骸骨がそこにいた、と。

その光景を想像し、白銀は身震いしそうになった。

「それ、まるで【見舞う骸骨】みたいだね」

ぽん、と手を叩いて柏木が言う。思わず白銀は聞き返した。

「見舞う骸骨？」

「学校の七不思議だよ。聞いたことない？」

柏木の問いかけに藤原が嬉しそうに手をあげて答える。

「私も知ってますよー。【動く絵画】とか【無人のピアノ・ソナタ】とか」

「あと【十三階段】とか【首吊りの木】、【願いの叶う指輪】なんてのもあるよね」

女子二人は嬉しそうに怪談を指折り数えている。

七不思議といえば確かに定番だが、白銀は今日までさっぱり聞いたことがなかった。

「ふーん、そんなのあるんだな。知らなかった」

白銀の呟きに柏木がフォローを入れた。

「会長は外部入学ですしねー」

「僕も知らなかった……」

石上が心なし寂しそうに言う。おそらく、友人がいないために学校の噂話に疎いことを悲しんでいるのだろう。

白銀は石上の気をそらそうとして女子に尋ねた。

「ちなみに、いま出たのは六つだが、最後の一つは何なんだ？」

「ふふふ、きいちゃいます？」

口元に手を当てて藤原がにまにまと笑顔を浮かべた。

しかし、もったいぶってなかなか最後の怪談を教えない。

白銀が段々苛ついてくると、それを察したのか柏木が言う。

「六つの怪談に遭遇した者は、屋上から落ちて死ぬ……んだそうです」

「石上くん、気をつけてくださいね。あと五つですから♪」

「勘弁してくださいよ……」

青ざめた顔で石上がげっそりと言う。

気をそらそうとした白銀の気遣いが完全に裏目に出てしまったかたちである。

とにかく怪談の話題はまずい。

「えっと……まあ、保健室に骸骨がいて無用な戦闘にでもなったら回復アイテムを取得しても意味がないしな。とりあえず今回はスルーしよう」

保健室から離れようと白銀がやや強引にそう言うと、今度は反対意見は出なかった。

♂♂♂

その後、図書室で無事に秘宝を入手した白銀たちは、屋上を目指すことになった。

なお、屋上への鍵は、職員室に一つ、校長のマスターキーが一つ、天文部の部長がおそらく勝手に作ったであろう合鍵が一つ……の計三本存在する。

このゲームでは屋上フィールドも存在するが、今回は鍵が確保できなかったので、屋上前の階段踊り場を屋上として扱うこととなった。

階段エリアでは、全員でダイスを振り、その合計値だけ段を移動できるルールである。

「じゃあいくぞ。せーの！」

白銀のかけ声とともに振られたダイスの合計は十二だった。

「ちーよーこーれーいーとー」

ＧＭなのになぜか先行し、軽やかに踊り場までたどりつく藤原。

それに白銀と柏木カップルも続く。

「さて、ここが二つ目のチェックポイントですよ。屋上では小さな椅子というアイテムが
……ってあれ？」

藤原がきょとんと背後を振り返った。

「……石上くん、どうしてそんなところにいるの？」

他の全員が踊り場にいるなか、石上だけがなぜか一段下の階段で足を止めていた。

「え？　だってダイスで十二出ましたよね、だから十二段進んだんですけれど」

「…………」

藤原は一瞬黙り込んだが、すぐに笑いながら石上に言うのだった。

「やめてよ石上くん、質(たち)の悪い冗談は」

「いや、そっちが数え間違えたんじゃないですか？　僕、数字のことで間違えることそう

そうないので」

石上が半笑いに反論する。

だが、藤原はいたって真面目な顔をしていた。

「そうだね、石上くんが数え間違えってのは考えづらいから……だからこそ、石上くんが冗談を言ってるとしか思えないんですよ」

「だから、そっちが数え間違え……」

「それはありえないの」

きっぱりと藤原は言う。

「だって、この階段十一段しかないんですから」

「え？」

「ダイスは十二。一段カウントを間違えても登りきれるの。だけど、今石上くんがいるのは十段目。数え間違えてるとしたら、二つも数え間違えた……ことになるよ？」

石上と藤原は向かいあって立っている。

階段一段分のズレが、二人の身長差を綺麗に埋めていた。

「ねえ、もう一回だけ聞くよ？」

藤原は石上の目をまっすぐ見て言った。

「冗談だよね？」

息が詰まるような時間だった。

やがて、

「ももっももちろ――――ん！　時そばのこと考えてたから正直ちゃんと数えてなかったんすよね――――っ！」

明らかに壊れたテンションで石上は最後の一歩――十三段目を踏みしめた。

柏木がぼそりと「怪談二つ目だね」と呟いた。

♂♂♂

「あ――モンスターですよ！」

そう言って藤原は数学教師を指さした。

こちらに向かって歩いてくる数学教師はすれ違いながら「誰がモンスターだよ。モンスターに苦しめられる側だよ、こっちは」とだけ言って去っていく。

どうやら教師と出会うとモンスターと遭遇ということになるらしい。教師が立ち去ってもゲームでの戦闘は回避できない。藤原は眉を逆ハの字にして、白銀たちの闘志を煽るように大声で説明する。

「数学の座間(ざま)先生は敏捷値が一ですから、問答無用でプレイヤーが先制です。パーティー内の敏捷値順に行動です。まずは時空航海士ですね」

「あ、私だ」

藤原に指名された柏木が少し慌てたようにマニュアルを確認する。

「戦闘になったら自分の戦闘力の数だけダイスを振る……えっと、私の戦闘力は二だから、ちょっとダイス借りるね」

「渚、頑張れー」

彼氏からダイスを借りて、柏木は気合いを入れるように二つのダイスをえいっと放り投げた。しかし、結果は一、一だった。

「あ、ファンブル……は今回のゲームだとなしだから、普通に失敗ですね。座間先生が三角定規で時空航海士の攻撃をガードしてノーダメージです」

「あらら……ごめんね、みんな」

柏木は両手を合わせて可愛らしく謝った。

「渚、大丈夫だよ。次の攻撃は聖騎士だから、きっとモンスターなんて一刀両断だって」

「え、聖騎士ってことは、俺か。とりあえず振ればいいのか？　えっと、戦闘力の数値だけダイスを振るんだよな……」

白銀がキャラクターシートを探そうとするが、手間取ってしまう。マニュアルが何ページにもわたるため、中に紛れてなかなかキャラクターシートが取り出せない。見かねた藤原が助け舟を出してくれた。

「会長の戦闘力は五ですね」

「五って……こんなでかいの五つも持ちきれないぞ！」

「二回に分けて振るといいですよ。まずは三つ投げてください」

藤原の言葉に従い、柏木たちからダイスを借りる。自分の分と合わせて三つ。それだけでもう白銀の両手は限界だった。

石上は白銀にダイスを渡すこともできず、手持ち無沙汰にダイスを両手で遊ばせながらぼやいた。

「この巨大ダイスで5D6ってさすがに無茶ですよね。キャラごとの戦闘力に幅を持たせたいなら、最小値を1D6にしないで、1D3や1D2も設定すればよかったんじゃないですか？」

「いいんです！　1D3だと3の目も4の目も同じ結果になっちゃうじゃないですか！　簡略化のための工夫が悪いとは言いませんが、それではサイコロに六つの面がある意味がなくなっちゃうじゃないですか。それになにより、こういうゲームはサイコロをたくさん振ったほうが絶対に楽しいんです！」

「……いや、何を言い合ってるかわからんが、とにかく振るぞ」

いつものようにぎゃーぎゃーと言い合う藤原と石上につき合いきれなくなって、白銀はダイスを手放しその場に落とす。それでも空気で膨らまされたダイスは、ぽよんぽよんとあちこちに散らばるように転がった。

「あ！」

目を三角にして石上に怒鳴っていた藤原が、ダイスの出目を見てぱあっと顔を輝かせた。

「六、六、四！　二回クリティカルですよ、会長！」

「う、しかしこれだと都道府県が消滅してしまうんじゃないか？」

「六を出して時空震が発生するのは移動時だけです。戦闘や回避判定で六を出した場合は、クリティカルでもう一個追加でダイスを振れるんです。だから、会長はさらにあと四つもダイスロールできます！」

柏木がぱちぱちと拍手した。

「おー白銀くん、すごいねー」

今度は石上のダイスも加えられ、白銀は四つのダイスを抱えた。

「うわっ、なんだよこれ、こんなに持てないぞ！」

「とにかく振ってください。ダイスは気合いですよっ」

藤原にかけ声をかけられるまま、白銀はダイスを振る。通りすがりの女子生徒がびっくりしている。白銀がそちらに「すまん」と頭を下げていると、藤原が「また六ですよ！」と叫ぶのが聞こえる。

「会長、もう一回ですよ」

先ほどは不満を垂れていた石上が、白銀の振ったダイスを見て笑っていた。実に珍しいことに、石上らしからぬ屈託のない笑顔であった。身長の高い石上が、実年齢よりもずっと幼く見えるような柔らかい表情。

結局、白銀はわけもわからぬままダイスを何度も振ることになる。

しかし、それはキャラクターを作成する時とは違う感情を白銀に与えた。

最終的に白銀が振ったダイスの数は十一個。その出目の合計値は実に四十八だった。

騎士の一撃の前には、一介の数学教師など欠片(かけら)も残さず消し飛ぶのだった。

白銀の戦果に仲間たちは大いに沸き立った。

「すごいねー。私たちのパーティーは白銀くんが攻撃の要(かなめ)なんだね」

「会長えげつなっ。ちょっとは遠慮してくださいよ。僕の見せ場あるかなー？」

柏木たちが口々に白銀を褒め称え、その後ろで石上が無言のまま拍手していた。

「……そうか。俺、勝ったのか」

正直、藤原の話はルールから世界観まで何一つ説明が足りておらず、ＴＲＰＧの何が楽しいか白銀には、ちっともわかっていなかった――この時までは。

白銀は無理矢理持たされた巨大ダイスを見つめる。

なぜだか無性にもう一度、こいつを振ってみたくなっていた。

♂♂♂

何も知らない状態で説明を聞くとルールが複雑に思える。

しかしプレイし始めて少し経つとそれも飲み込めて、あれこれと方針を決めつつ自由に行動できるようになる。

様々な制約をくぐり抜け、期待値を計算し、理不尽なダイス目に一喜一憂しながら冒険を進める。

白銀は元来、天体に思いを馳せ、少女漫画に涙する感受性豊かな少年である。

そんな彼が、少年の心を狙い撃ちするかのように設計され、事実として何十年もの長きにわたり大きな少年たちの魂をとらえて放さないＴＲＰＧに耽溺（たんでき）しないはずはなかった！

加えて、今回の白銀の役割（ロール）は特別である。

聖騎士――中学二年生近辺の少年がうずうずし、その年齢を超えた大きな少年たちはごろごろしそうな単語である。

今回のゲームにおいて、聖騎士の強さは一線を画している。

時空航海士は移動、呪術医師は回復、そして暗黒魔道士は召喚魔法と特殊なスキルを使用できるが、聖騎士には一切そのようなスキルは存在しない。ただし、基本能力値が桁違いなのである。特にレベルが上がってからの聖騎士の強さはまさに怖いもの知らずだ。

序盤こそ藤原たち三人のケアが必要だったものの、経験値を得てレベルアップしてからの白銀はパーティーの要となっていた。

持ち前の理解力の高さからルールの飲み込みも早く、期待値の計算も素早いために押し引きの判断も的確。さらにGMである藤原の癖を読み取っての罠の回避が特に重宝がられた。

「白銀くん、すごい！　また成功！　これで校長の隠し預金をゲットだね！」

「やれやれ、別にそんなに金は必要ないんだけどな」

「やばっ――またサハ部の勧誘に引っかかっちゃった。え、聖騎士の知性判定で回避できたの？　さっすが！」

「え、俺またなんかやっちゃった？」

「えっと、三年生の廊下を歩く時は、パーティーの誰かがすれ違う人の五人に一人以上の割合で通行人に声をかけ続けないとダメージです。まずいですね。さっそく石上くんが顔を伏せています。このままだと――って、会長、すごっ！　とりあえず誰にでも挨拶している姿は、聖騎士を通り越して既に勇者ですよ！」

「あんまり目立ちたくはないんだけどな」

白銀は冒険を続け、成長を続けた。そしてことあるごとに仲間たちが褒め称えてくれるため、一層白銀は冒険へとのめり込んでいくのだった。

――無双転生（ヒロイック・ナウ）。

剣を振り回し敵を蹴散らす爽快感と、褒められて承認欲求が満たされることによるドーパミン分泌の二重奏――それは、まるで生まれ変わったような万能感を白銀にもたらすのだった。

特に通販スキルという最初いらねぇと思ったスキルがチート級に使え、基本的に金策とは無縁のプレイングで進行した。

廊下の天井に設置された無個性なＬＥＤライトはゆらゆらと揺れる松明（たいまつ）の火に見え、部活動のかけ声は邪教の儀式に聞こえてくる。

そして苦難の末に白銀たちは五か所のチェックポイントを回り、五つの秘宝を手に入れることに成功した。

次は旧校舎にたどり着き、眠っている竜に不意打ちをしかけるのが目的である。

だが同時に時空震もその魔の手を伸ばし、今にも日本列島を食いつくさんとしていた。

生き残っている都道府県は、東京を除いてわずか二県――そして白銀たちが目指す旧校舎まであと十五マス。

その十五マスを踏破する前に、六の目が二回出てしまったら、そこで竜との強制戦闘に突入してしまうのだった。

♂♂♂

「ああ！　ごめんなさい！」

柏木――否、時空航海士の悲鳴が空高く響き渡った。

彼女の振ったダイスは六――これで和歌山県が因果地平の彼方へと消え去り、残る都道府県は富山県と東京都のみとなってしまったのだ。

落ち込む時空航海士に白銀はあえて明るく声をかけた。

「大丈夫だ。竜まであと少しなんだ。一歩ずつ着実に進んでいこう」

「そうだよ、渚の責任じゃないよ」

時空航海士を慰めるように、彼女の髪を呪術医師がそっと撫でた。

「うわー……僕に爆発魔法が使えたらなー」

暗黒魔道士がその名に恥じぬような暗い瞳で呟いた。しかし、白銀は違う感想を抱いた。

「あれくらい許してやれ。これから生きるか死ぬかの大勝負になるんだ。それに俺たちは仲間だぞ。ぎすぎすしてるより、いいじゃないか」

白銀が暗黒魔道士の肩に手をやると、彼はしばらく沈黙してから「……そうですね」とうなずいてくれた。白銀はぽんぽんと肩を叩いてやりながら、

「頼りにしてるぞ、暗黒魔道士」

と声をかけた。

——この頃になると、白銀はすっかりゲームに没入している。石上や柏木たちは普段通りの制服を着ているが、白銀の目には彼らが古びたローブや白衣を着ているように映っているのだった。

見慣れたグラウンドはどこまでも続く平原で、目指すべき旧校舎は竜を封印した古城である。

そんな風に校内の景色を認識している白銀は、教師（モンスター）への警戒こそ怠っていなかったものの、その存在に気がつくのは遅れてしまった。

「あ、見てください！　あれ、カップルじゃないですか⁉」

暗黒魔道士が力強く指さしたほうに目を向けると、確かに一組の男女が仲睦まじくベンチに座っているのだった。

まずい。あの位置に陣取られると、すぐ傍を通り過ぎる際に間違いなくGMから回避判定を要求されるだろう。そこで失敗すれば富山県が消滅し、竜との強制戦闘である。

では遠回りすればよいという簡単な話でもない。旧校舎までの道は舗装されており、このままのルートで進めばダイス目で二を出せば進行可能となっている。しかし、あのカップルを迂回するルートを取るとなるとグラウンドを突っ切ることになり、進行のために必要なダイス目が三以上になってしまう。この違いは大きい。

どちらにしようか白銀が悩んでいると、ふとあることに気がついた。

「――いや、カップル……なのか？」

ベンチに座る二人を見つめる。二人とも髪を染めてもおらず、アクセサリーひとつつけていない。つき合い始めた頃の柏木たちよりもよほど慎ましやかな様子だ。

さらに彼らの会話に耳を傾けてみると、

「じゃあ二〇四四年の十一月十一日は？」

「金曜日！」

などと、延々とカレンダーの日づけと曜日を言い合っているだけなのである。

白銀と石上は思わず顔を見合わせ、ひそひそと話し合った。

「あれはカップルと言わなくないか？」

「そう言われれば微妙ですが、どっちにしろ僕的には爆発してほしいです。お互いに恋愛感情があるかどうかは別にして、間違いなく二人の世界はありますよ」

「問題はＧＭがどう判断するか、だな」

ちらりと藤原に視線を送ると、彼女はにやにやと笑いながらこちらの決断を待っていた。

「カップルかどうかは明確な基準があります。もちろん、それをここで教えることはありません」

と、予想通りヒント等は与えてくれなかった。

「いちかばちか突っ込みますか？」

石上が妙に攻撃的な表情で言う。

「いや、しかしここで危険を犯すのは気が進まないな。せめて彼らがカップルかどうかわかればいいんだが……」

「カップルかどうか見分ける方法ならありますよ」

そんな風に自信満々に宣言したのは、呪術医師だった。

白銀は驚愕に目を見開き、石上は興奮のあまり食ってかかった。

「カップル判別法があるなら、片思いの悲劇の五割は未然に防げますよ！　それができないから、人は悲しみを繰り返すんじゃないですか！」

「ふふ、落ち着いてください。僕は高校に入学して間もない頃、この方法を友人と発見しました」

今時珍しいくらいに派手な金髪をさらっと掻き上げて、呪術医師は懐から何かを取り出した。

「三角定規？」

「そうです。どうやら彼らは数学が好きなようですね。日付から曜日は関数によって導き出せますから……そして、数学好きにとって三角定規は神聖な道具です。近くに落ちていれば拾わざるをえません。こんな風に！」

呪術医師はかけ声と共に三角定規をフリスビーのように勢いよく投げた。

そして、それはベンチの左側――つまり男子生徒側に落ちた。

成り行きを見守る白銀たちに、呪術医師は説明を続けた。

「見てください。あの位置ならば男子生徒が三角定規を拾い上げるのが普通です。そして、ベンチに並んで座っているという体勢を取っている以上、どうしてもある問題が出てきます」

「問題？」

時空航海士はその意味がわからないらしく可愛らしく小首を傾げていたが、白銀と石上は「そうか！」と同時に手を叩いた。

「なるほど！　あの体勢から男子生徒がかがみ込んでしまえば、どうしても女子生徒のスカートを覗ける格好になってしまうだろう！　それが自然の摂理だ！」

「決して覗こうとしているわけじゃないけど、不可抗力ですね！　そう、これはとてつもなく仕方ないことですよ！」

白銀と石上は深い同意と共にそれを受け入れた。そんな二人に呪術医師は、丁寧に腰を折ったお辞儀で正解を讃えるのだった。

「EXACTLY（その通りでございます）」

そんな男子生徒三人を、時空航海士は冷たく軽蔑しきった目で見つめていた。だが、そんなことにも気づかないまま男子三人は議論を続ける。

呪術医師がぴんと指を立てて自信満々に言う。

「つまり、そのスカートを覗いてしまうことこそがカップル判別法の肝なのです。もし、カップルじゃなかった場合、女子生徒は嫌がるか事前に体勢を変えるはずです。しかし、もしカップルだった場合は――」

「場合は？」

白銀と石上はごくりとつばを飲み込んだ。スカートを覗かれそうになった女子生徒は嫌がるか事前に回避する。それが当然のはずだ。自然の摂理である。

しかし、カップルだった場合は違うのだろうか。白銀と石上は拳を握りしめながら続きを待った。

永遠にも思える沈黙の後、呪術医師は、かっと目を見開いた。

「カップルだった場合は――頬を染めながら『もう……○○くんのエッチ』と女子生徒が言います！　そして、男子生徒は許されてしまうのです！」

雷が落ちたように、白銀と石上は衝撃を受けた。

「マジか！」

「あ、僕もそんな台詞聞いたことある！　くそっ、イケメンだから許されてたと思っていたが、あれはカップルだからだったのか！　ちくしょう！」

「……うん、私だったら普通に怒るけどね」

急に周囲の温度が数度下がるような心持ちがした。

ヒートアップした白銀たちとは真逆に、すっかり冷めきった表情の時空航海士がそこにいるのだった。

「やだなあ、渚。渚には誰もそんなことしないよ。だって、僕たちがカップルだってことはみんな知ってるじゃないか」

「え――あ、うん。まあ、そうだけど……」

呪術医師が気安く肩を抱いて呼びかけた途端、時空航海士の表情から険しさが消えた。

機嫌が悪かったはずの彼女は、彼氏とのほんの少しのやりとりでいつも通りの温和な表情へと戻ったのである。

「なるほど、あれがカップルか……」

「この煽り、味方でさえ都道府県が消滅しそうな勢いですよ」

修羅場を乗り越えたはずなのに、白銀と石上はかつてない敗北感を噛みしめていた。

「それより、問題はあの二人ですよ。さあ、判定は？」

呪術医師がびしりと指さす。

ベンチに座る二人のカップルは落ちた三角定規を前にして――

「あれ？」

「……動きませんね」

彼らは、いくら待てども三角定規を拾う素振りさえ見せない。

どうやら定規が飛んできたことにも気づいていないようだった。

「こういう場合、どうするんですか？」

「えっと、どうしようか……」

呪術医師はばつが悪そうに頬を掻いている。石上はそれを見て、「仕方ありませんね」と首を振った。

「会長。どう見てもあの二人はカップルですよ。完全に二人の世界に入っていて、もうお互いの他は目に入ってないじゃないですか。安全策をとって迂回しますか？」

「——いや、今のでわかった。このままのルートで行こう」

白銀はきっぱりと言いきり、全員にダイスを用意させた。

「行くぞ！」

そして、六の目も出ずに無事に前進し、一行はベンチに座る二人組と同じマス目に入った。その瞬間、藤原がにこにこと笑いながら宣言する。

「さて、それでは——」

「いや、待った藤原ＧＭ。都道府県が消滅するのはカップルの煽りを受ける場合だったな。

この場合、彼らは俺たちのことを認識していない。だから、煽られることもないだろう。回避判定は必要ないはずだ」

白銀の予想外の発言に、呪術医師と時空航海士が口々に驚きの声をあげる。

「おおっ⁉」

「それで通るの？　ＧＭ？」

全員が緊張しながら見つめるなか、藤原はゆっくりと手を交差させ——

「セーフです。会長の提案を通します」

ぴんぽーんと、両手で大きな輪を作ってみせた。

一同は歓声をあげた。

「よし、今のうちにダイスロールだ！」

幸いにも六の目が出ることもなく、一行は中庭を通り抜けることができたのだった。

白銀が横を通り過ぎる時、ベンチに座る男女はこんな会話をしていた。

「……だからつまり、一八七七年にクロネッカーが提唱したこの問題は、彼自身は結局解決できなかったんだ。それから長い年月をかけて、きっと想像を超えるような数の人々がこの問題に取り組んだんだと思うよ」

「ロマンティックね……なにせ別名が【クロネッカーの青春の夢】と言われているくらいだもの。世界中の人を巻き込んだ【青春の夢】が長い時間をかけて解決されるとき、どれほどの騒ぎになるのか想像もつかないわ」

何を言っているかさっぱりわからないが、二人の世界を引き裂くつもりは白銀にはなく、そそくさと中庭を後にした。

♂♂♂

何事も、皆偽りの世の中に、ダイスばかりは、誠なりける——

「あぁっ！」

「きゃあ、ごめんなさい！　二連続で私っ！」

時空航海士が涙目で叫ぶ。

彼女の振ったダイスが六の面を上にして止まったのだった。白銀のダイスは三だった。

しかし、それももう関係ない。

旧校舎まで残り四マス。運がよければ次のダイスロールで目的地に到着できるというところでの悲劇だった。これにより、東京を残して日本列島は時空の歪みに消し去られたことになる。竜の封印が解けた瞬間だった。

「——あと少しだったんだがな。いや、時空航海士を責めているわけじゃない。気にするな。俺たちはここまでよくやったさ」

「そうだよ。それに不意打ちができないなら、正々堂々と竜を倒せばいいんじゃん」

「……暗黒魔道士は雑魚戦では本領発揮できませんでしたからね。対ボス用のピーキーな職業の回し方を見せてあげますよ」

「みんな——ありがとう……」

男子が口々に励ますと、時空航海士はぺこりと頭を下げた。しかし、本当に気にすることはないのだ。

竜との戦闘を前にして、誰も彼女を責めていない。これまでの旅を経験し、白銀たちは真の仲間としてここに立っているのだ。そのことが、たまらなく誇らしかった。

白銀は覚悟を決め、油断ない目つきで周囲を見回す。

「それで？　竜はもう目が覚めたのか？　知覚で判定するのか？」

「いえ、今回の場合は都道府県消滅による強制戦闘ですから、竜は人間を依り代にして復活します。つまり次に私たちの目の前に現れた通行人が竜になってしまいます。ライフや戦闘力は、その人のステータスに左右されます」

白銀の問いかけに、ＧＭである藤原が待ってましたとばかりに答えた。

「ライフは年齢、戦闘力は所属している部活に由来します。知覚と魅力は関係ないから数値化しません。それで、私たちの知り合いや学園の有名人が竜になっちゃった場合は固有の防御力が加算されます。それ以外にも家柄の古さとかが重要なポイントで、ＩＴで儲けた社長の息子とかだと、どんなに稼いでいても新しいからそんなに強くならなかったりするんですよねー」

　晴れやかに笑っている藤原に、白銀は質問した。

「通行人が教師だった場合は？」

「それも場合によりますが、基本的にはライフが高くなってしまいますから強いですよ。たとえば柔道部の顧問だったら、四十五歳独身の脳筋竜が誕生します！」

　その後、白銀たちは緊張しながら通行人を待った。

　幸か不幸かはわからないが、白銀たちは旧校舎に向かっていた途中である。学園内でもあまり人通りがない場所で、しばらくその場で待ったが誰も通らなかった。

　携帯のアラームが鳴り、藤原が宣言した。

「特殊ルール発動です。あと三分、誰も現れなかった場合は、一度だけ移動ダイスを振ることができます。その後も三分待って誰も現れなければもう一度ダイスを振れます」

「来るなよ来るなよ来るなよー。こんな道、園芸部くらいしか使わないだろー……」

　呪術医師が両手をすりあわせて祈っている。祈りたくなる気持ちは白銀にもよくわかる。

　だが、彼の言葉を白銀は頭の中で否定した。園芸部だけではない。この道の先には、一般生徒に縁のない建物が存在している。その部活に所属している人間でなければまず足を向けないような場所――それは弓道場である。

「ええっ⁉」

石上が声をあげた。

彼の視線を追うと、白銀もよく知る人物がこちらへとやって来るところだった。

「あ、駄目だこれ──死にました」

絶望からか石上の瞳からすっかり光が消え失せている。

白銀たちが注目するなか、その人物は彼らの目の前で足を止め、首を傾げた。

「藤原さんに、石上くん、それに会長まで……何をしているのですか？」

弓道部所属、生徒会副会長。四宮（しのみや）かぐやがそこにいた。

おそらくは学園内で知らぬ者のいないほどの有名人にして、長きにわたり国を支えてきた四宮家の本家本流──つまりは、最強最悪の古竜がここに復活を遂げたのだった。

♂♂♂

「さあみなさんラストバトルです。学園を救うためにかぐやさんを退治しましょう！」

「ちょっと藤原さん？　……って、なんですか、これ？」

藤原に無理矢理渡されたダイスをかぐやはまじまじと見つめている。

先ほど藤原のポケットから取り出され、空気を入れて膨らまされたばかりのダイスである。白銀たちが所持しているものと大きさこそ同じだが、一つだけ違う点があった。

普通のダイスならば白地になっている部分が、すべて深紅に染め上げられているのだ。ドラゴンの凶暴さと禍々（まがまが）しさを象徴するような、美しくも恐ろしいダイスである。

「これはＴＧ部の活動ですか？　会長まで一緒になって、何をしているんですか？」

かぐやが白銀に話しかけてくる。小柄な彼女が大きなダイスを抱えている姿はどことなくフェティッシュだったが、今の白銀にはこう見えている。

――ダイスの赤地が彼女の肌の色だ。今は理性があり、なんとか会話もできているがそれもすぐに失われるだろう。

呆然とする白銀の頭に、藤原の説明がかろうじて滑り込んでくる。

「かぐやさんは一月生まれなのでまだ十六歳。ライフは十六ですね。ただし、竜の体の各部位には防御点の概念があります。頭部、胸部、腹部、翼にそれぞれの防御点が設定してあり、攻撃する際はどの部位を攻撃するかそのつど選択してください。竜のどこかには逆鱗（げきりん）と呼ばれる弱点があるので、いろいろな場所を攻撃して探してみてくださいね」

藤原の説明が終わると、四宮の姿は白銀の目には巨大な竜として映っていた。

「――四宮……」

『カイチョウ』

刑事ドラマの誘拐犯のような――まるでボイスチェンジャーを使ったように聞こえるか

ぐやの声が白銀の心をえぐる。

あの美しかったかぐやの声が、愛くるしい瞳が、こんなにも変わり果てている。

――だというのに、白銀にはまだ決心がつかなかった。

「学園を守るため――俺は四宮に剣を向けなければいけないのか？」

『エ、ケン？』

「俺は戦わなければならない……聖騎士はどのような時も職務を全うせねばならない……だが、しかし……」

今までは羽根のように軽かったダイスが、手の中でずっしりと重みを増したようだった。

そんな白銀の戸惑いを無視して、軽やかにＧＭが呼びかけた。

「さあ、最後の戦いです。毎ターン、竜のダイスロールが先行となります。敏捷値が竜のダイス目未満の人は行動できません」

「ええっ、僕、敏捷値二しかないよ」

呪術医師が嘆くと、藤原が慰めるように温かい目を向けた。

「飛ばされた次のターンは敏捷値を繰り越しでプラスできますよ。つまり呪術医師は次ターンでは四、それも飛ばされたらさらに次ターンで六になりますね」

「それでもきついなあ……つまり二、三ターンに一回行動かぁ……」

「それではかぐやさん、ダイスロールをどうぞ」

『……イエ、ワタシハ、ツキアウトキメタワケデハ、ナイノデスケレド……』

竜の言葉を遮って、時空航海士が質問する。

「ちなみにここで四宮さんが協力してくれない場合はどうなるの？」

「竜が暴走状態になるので、各能力値が大幅に上昇します」

白銀ははっと我に返った。

「四宮、頼む。十分くらいで終わるから」

「……まあ、それくらいならかまいませんが」

白銀が頼み込むと、おどろおどろしい竜の周囲にどろんと煙があがり、いつものかぐやが現れた。少しだけむくれたような顔。

「……人の部活につき合うのなら、弓道部に来てくだされぱいいのに」

かぐやはぶつぶつと呟きながらダイスを振る。

結果は、六。

「はい。竜のクリティカルですね。寝起きの悪い竜は羽ばたきで周囲を威嚇して誰も近づけません。全員このターンは行動不能。それに加えて一ダメージを追加してください。防御スキルがある人はそれを使って軽減してもいいですよ」

「うそっ！　いきなり⁉」

時空航海士が叫ぶ。白銀も苦りきった顔つきでうめき声をあげた。

「……そうだった。四宮のこれを忘れてた」

以前、生徒会のみんなで藤原の作ってきたすごろくをやった時も、かぐやは一人勝ちしていたのだ。

生まれつき持っているものが違うのだろう。

「じゃあ、かぐやさん、もう一度振ってください。今度は攻撃判定ですよ」

「……全然ルールが飲み込めないのですが」

不可解そうな表情で、かぐやはダイスを振る。なんだかんだでつき合いがいいのだ。

結果は、六。

「きゃあっ、またクリティカル！　かぐやさんが指定する人は――」

「ゲームといえば、石上くん、このゲームはいったい……」

藤原とかぐやの発言はほぼ同時だった。

はっとした顔のあと、藤原がびしりと石上を指さした。

「あ、今、石上くん死にました。竜の攻撃判定がクリティカルだと、ライフに関係なく即死になります」

「うそっ！　僕、ここから活躍する予定だったのに⁉」

「石上ぃぃぃぃぃっ！」

白銀は先ほどまで一緒に戦っていた仲間に手を伸ばす。だが、いくら伸ばそうとその手はどこにも届かない。

灼熱のドラゴンブレスで、暗黒魔道士石上は丸焦げになってしまったのだ。

白銀が誰よりも頼りにしていた男が、真っ先に死んでしまった。

「はい、では次のターンもかぐやさんの敏捷値判定ですね。ダイスロールをどうぞ」

「会長……僕の分まで頑張ってください……」

しかし、石上の魂は共に戦った仲間を導くために現世にとどまってくれたようだ。

石上は天使の輪を頭上に乗せて白銀たちと竜の戦いを見守っている。

『――ナンダカ、ワタシバッカリフッテイマセンカ』

幸運は続かず、かぐやのダイスは三だった。前ターンの繰り越し値もあるため、白銀たち三人は全員が行動できることになる。

「まず私ですね。攻撃はしません。スキルを使用して、時空船を巡航から拠点防衛モードに切り替えます。これで、いくらか竜の攻撃をしのげるはずです。私が防御している間に、白銀くんはとにかく全力で攻撃してください」

「わ、わかった……」

最も敏捷値の高い時空航海士はスキルの使用を選択した。竜の恐ろしさはほんの数分でパーティー全員の心に刻まれている。防御スキルの使用はありがたかった。

次に敏捷値が高いのは聖騎士だ。まだかぐやを攻撃することに抵抗はあるが、やるべき仕事を明確にされて少しだけ迷いが晴れる。

白銀は五つのダイスを二回に分けて振った。合計は十八。六の目が一つ出ているので、クリティカルが発生し、もう一つダイスを振る。

「よしっ、四。合計二十二だ！」

「それでは攻撃部位を指定してください。竜の防御点を超えたらダメージを与えられます。逆鱗の場合はダメージが三倍となります」

合計二十二点――これだけ高ければどの部位でも攻撃が通りそうだと、白銀は腹部を狙って攻撃した。

「四宮、すまん――」

謝罪の言葉と共に気合いの入った聖剣の刺突が竜の腹部を狙う。しかし――

♀♀♀

四宮かぐやは嘆息した。

どうやら、また藤原のおかしなゲームにつき合わされることになっているらしい。

藤原のゲームは後味よく終わった記憶がない。……まあそれはいい。問題は、白銀の様子がまたおかしいことだ。

（体調はよくなったようだけど——いえ、なんだか、よくなりすぎていないかしら？）

ちらり、とかぐやは様子をうかがう。

白銀は、いつになくきらきらした目をしている。

（会長のあの瞳……見たことがありますね。あれは、そう夏休み後の——）

十五夜の時だった。

白銀がかぐやに対してあんなことやこんなことをした忘れられない夜だった。

思い出すだけで、頬が熱くなる。

（……いえ、あの時は会長が星に夢中になっていたのが原因でした。とすると、会長は今、このゲームに熱中しているの？）

説明不足すぎてかぐやにはルールもわからないこの不思議なゲームに、白銀が？

かぐやの疑問が解消されないままゲームは進行する。

「残念。防御点が高かったので会長の攻撃は通りません」

「うっそだろ⁉　二十二点だぞっ！」

よくわからないが、白銀の攻撃をかぐやが防いだらしい。かぐやは特に何かしたつもりもないのだが。

少しだけ白銀に勝ったようで嬉しいかぐやである。普段から、「そんなわけのわからない戦いに勝ってどうするつもりですか。女の子はもっとガードが甘いほうがモテますよ」

と早坂から諫められているかぐやであるが、これはかりは仕方ない。

恋愛は戦。世渡りのための敗北ならば屈辱でもなんでもないが、ここ一番の勝負に勝たないなど、四宮の名が廃るというものだ。

そして四宮の威光に恐れをなして叫ぶ人間がまた一人。

「ええっ、副会長のガード堅すぎっ！　会長の本気が通じないなんて、鉄でもできてるんじゃないっすか？」

「ガード堅すぎっ⁉　しかも鉄っ⁉」

柏木の彼氏の言葉はかぐやの心に会心の一撃を与えた。

しかし、そんなかぐやの心理的ダメージには誰も頓着せずゲームは進む。

「じゃあ、僕は全体治療。これでさっきの全体一ダメージを回復するよ」

「かぐやさんの攻撃は時空船の防御に遮られます。それでは次のターンの敏捷値判定です。かぐやさん、ダイスをお願いします」

藤原に促され、かぐやは手の中のダイスをなんとなしに見つめた。

「はあ……ところで、このゲームはどうすれば決着がつくんですか？」

「かぐやさんが会長たち三人を全員倒すか、竜のライフがゼロになれば終了です」

「いつものように何かを賭けていたりするのでしょうか？」

「いえ、今回は何も賭けていませんね」

「そうですか。では――」

四宮かぐやにとって敗北は必ずしも屈辱ではない。周囲から疎まれることを避け、『常に六割』の実力しか出さない彼女は、敗北も処世術のうちと考えているためである。

「ダイスは五。それでは時空航海士が行動できます」

「スキルをもう一度使います。時空船が耐えられる限り、これで凌げるはず……」

柏木の言葉の意味もよくわからないまま、かぐやは藤原に促されダイスを振る。

それから隣にいる石上にルール説明を聞こうと口を開く――しかし、偶然を装ったそれはその実、かぐやが巧妙にタイミングを計っての発言だった。

「石上くん――あ、ダイスは五ですね。石上くん、ところでこのゲームって……」

「竜が石上くんを指定しました。しかし、彼は既に死んでいるので――」

誰にも気づかれないようにかぐやは内心で笑う。

（藤原さんはゲームの判定に関しては厳格。先ほどもそうでしたが、ダイスの目が出てから呼びかけると、その人が攻撃対象になる。それは発言者の意思とは関係ないのよ）

かぐやが石上の名を呼んだのは、ルールがわかっていないふりをして、既に死んだキャラクターを指定することにより、わざと攻撃判定をミスするためであった。

さっきからガードが堅いとか、強すぎるなどとぎゃあぎゃあ騒ぎ立てられて、内心でかぐやもいい気はしていなかったのだ。

（赤の他人から恐れられるのには慣れています。しかし、会長には――）

尊敬されるならばいい。崇拝されて、彼を魅了するのも問題ない。だが、恐怖を与え、距離を取られるのは嫌だった。

そのため、かぐやはあえてゲームに負けようと決意した。

負けてもノーリスクの上、ゲームに不慣れな女子を演じることで白銀に対して様々なアプローチを取ることができるのだ。

（会長はかなりの教え好き……ゲーム終了後に私が泣きつけば、快く弁舌を振るってくれるでしょう――そう、あの十五夜の日のように）

思い出すのは、白銀の腕枕で星を見たあの夜のことだ。

まだ部活動や体育祭の練習で多くの生徒が残っているが、そんなのはどうにでもなる。用具室――は鬼門なので避けるとして。

（うっ……思い出したら、また――）

かぐやは右手で左頰を触った。早坂との特訓により獲得したルーティーン。この行動により、かぐやは平常心を取り戻すことができるのだ。

（ですが、これで問題はないですね。会長へのアプローチはじっくり考えるとしましょう。竜のライフが削りきられるまで、あと数ターンはありそうですし）

かぐやが内心で計算を続けていると、藤原が慌ててルールブックを読みあげていた。

「――隠しコマンドが発動しました。竜の屍肉喰いです！　こんがり焼けた石上くんを食べてかぐやさんがパワーアップ。次回から竜の攻撃力は二倍になります！」

「石上ぃいいいいいいいっ！」

顔面を蒼白にしながら石上へと向かって手を伸ばす白銀は、まるでそうすることによって地獄の底から後輩を引っ張り上げられると信じているかのようだった。

そして、叫びたいのはかぐやも同じであった。

（なんでまたそんな好感度が下がりそうなことを！　藤原さんの考えたゲームのイベント内容って、いつもそうなのよ！）

「いやー、まさかこの隠しコマンドを発見されるとは思いませんでした。かぐやさん、持ってますすねー」

藤原の言葉に、白銀が引きつった顔を見せている。

（お願いだからそんな顔しないでください。私の意思じゃないんですよ！）

「即死したうえに敵のパワーアップアイテムになるとか……僕、どんだけ足引っ張ってるんですかね……本当にすみません」

（いえ、石上くん、謝る必要はありません。悪いのはすべてあの女よ。そうやって私の好感度を落とすだけ落として自分はゲームに参加せず高みの見物……）

決して友人に向けてはいけない類いの視線を藤原に送ったが、彼女はゲームを心から楽しんでいるのかルールブックを読みながら赤子のようにきゃっきゃっと笑っている。

かぐやは藤原を呪うだけ呪ってから、ルーティーンを行った。

（……冷静に考えましょう。二度目となるともう攻撃をせずにターンを消費しようとしても不自然に思われてしまうわ——というか、余計なことをすると藤原さんルールに巻き込まれて竜が凶暴化してしまう恐れがあるし）

とりあえず竜の敏捷値判定のためにかぐやはダイスを投げた。

ぽよんぽよんとダイスが転がる。空気で膨らませた真っ赤なダイスは六の面を上に静止した。白銀と柏木の彼氏は前ターン飛ばされたので敏捷値が二倍になっているが、今回は問答無用で竜の先制攻撃となる。しかもクリティカルで全員に一ダメージだ。

ぎゃあぎゃあと白銀たちが悲鳴をあげている。しきりに竜強いだの、副会長凶暴すぎだのとわめいている。悲鳴をあげたいのはかぐやとて同じだ。

それから竜の攻撃判定である。なんだかかぐやばかりがダイスを振っている気がする。白銀など、かぐやが来てから一度しかダイスを振っていない。それなのに妙に楽しそうに叫んだり苦しんだりしているのだ。

（……本当になんなんでしょうか、このゲーム。どこが面白いのかさっぱりだわ。私は早く負けてしまいたいのに……誰も彼も私のことを血も涙もない怪物のように言ってくれていますが、あなたたちが情けないのが原因でしょう！）

攻撃判定は三だった。かぐやは誰を標的にするか思考する。

（会長を後回しにするのは当然として、柏木さんは防御するとか言っていましたね。すると、私が狙うべきは――）

かっ、と目を見開いて、かぐやは標的を見定める。

「それではかぐやさん攻撃対象を指定してください」

「……では、近くにいるので柏木さんで」

防御中の柏木ならば、かぐやの攻撃によって即死することはないだろうとの判断だった。

「あ、私？　じゃあ、私は時空船の防御で――」

「ちょっと待った！」

攻撃指名を受けた柏木の台詞に割り込んだのは、彼女のパートナーだった。彼は耳のピアスにそっと触り、少しの間迷うように目を閉じてから、突然くわっと開眼し叫んだ。

「僕は渚を――いや、時空航海士を庇う！」

「ど、どうして？　私なら時空船で防御できるのに……」

戸惑うような柏木の声に、彼女のパートナーは妙に作った感じのドヤ顔で答える。

「そんな事情は知らない。僕はとにかく医師として、仲間が傷つくのを見過ごすことはできないんだ！」

「呪術医師……」

二人はうっとりと見つめ合っている。

これにはかぐやだけでなく、白銀や石上、そして藤原までも白けた視線を向けていた。

「……じゃあ呪術医師には六ダメージですね。あ、ちょうどぎりぎり生き残りました。それでは次のターンです。連続になりますが、かぐやさんの番ですね」

またかぐやの目論見が外れてしまった。予定通り柏木がかぐやの攻撃を受ければノーダメージだったはずなのに、その彼氏が出しゃばって台なしにしてしまったのだ。

（本当になんなのかしら、このゲーム。なんでもいいから早く終わらないかしら）

再び竜のターン。かぐやは機械的にダイスを転がす。

結果は一。

かぐやにとっては負けを目指すゲームである。これならば間違いはないはずだ。ダイスを手放したためルーティーンも行える。冷静な頭でこれなら悪くない、とかぐやは考えた。

そして、二回飛ばしされて敏捷値が極限まで高まっている白銀のターンである。

先ほどの柏木たちの行動でかなりテンションが落ちていた様子の白銀だったが、こほんと小さく咳払いをして気持ちを切り替えると、再び熱い眼差しで叫ぶのだった。

「これ以上、四宮の凶行を見過ごすわけにはいかん！　うなれ聖剣！」

（……会長ってもしかして、将来男の子が生まれたらその子と一緒に特撮を見てハマってしまい、高価な玩具を買い集めてしまったりするタイプかしら？）

ゲームに熱中する白銀を見て、かぐやはふと将来に不安を覚えるのだった。

白銀のダイスは一や二が多く、その合計値は十だった。

「……う。たった十点か……よし胸部を攻撃するぞ」

藤原がルールブックをめくって何事かを確認する。その空き時間に柏木がかぐやのダイスを拾って手渡してくれた。再びルーティーンが中断される。

「……はい。ダメージ通ります。竜に三ダメージ」

「おっしゃああ！」

藤原の言葉に、白銀がぶんぶんと拳を振り回し喜んでいる。

（会長……さすがに子供っぽすぎるけれど――まあ、めったに見られない姿ですし、貴重は貴重ですね――ふふ、あんなにはしゃいで。お可愛いこと）

普段ならばそんな風に口元に手を当てて微笑するかぐやの様子を見れば、白銀は我が身を恥じてもだえ苦しむはずだが、今日の白銀は聖騎士である。

己の戦果を誇り、生き残った仲間を鼓舞するように大声で叫ぶのだった。

「四宮の胸薄いぞ！　胸が弱点だっ！」

「――誰の胸が薄いんですかっ！」

ルーティーンが行えないかぐやは、我を忘れて叫んだ。ついでにダイスも手放している。

「あ。特殊行動ですね。竜は一度だけターンを無視して割り込み行動できます。発動条件は自分のターン以外でダイスを振ることでしたー。ダイス目は二。割り込みは攻撃力二倍にならないので会長に二ダメージです。……かぐやさんすごい！　ルールも覚えてないのに、どんどん隠しコマンドを見つけちゃってますねー」

「知りませんっ」

のんきな声で藤原が褒めてくれたが、当然、かぐやが喜べるはずもなかった。

♂♂♂

戦いに慣れた聖騎士にとっても、竜との戦いは酸鼻を極めるものとなった。

暗黒魔道士が即死し、呪術医師の残りライフは一。防御の要である時空船もボロボロになっており、あと何度竜の攻撃に耐えられるかわからない。

パーティーは半壊状態――それでも戦いを諦めるわけにはいかない。

聖騎士としての誇りにかけ、竜を倒し、世界を救わなければならない……のだが。

「世界よりも、僕にとっては君のほうが大事なんだ！　そのことに、旅の過程で僕は気づいてしまった。いくら僕が名医だろうと治せない病にかかってしまったんだ」

「それは……でも、私たちには竜を倒すという使命が……」

「わかっている！　だから僕は君を守り、世界を守る！　君と一緒に歩む明日のために、竜を倒してみせるんだ！」

　呪術医師と時空航海士は手を取り合ってなにやら盛り上がっている。

　少し離れた場所で白銀はダイスを振った。

「あ、クリティカルだ。もう一度」

　六の目が出たのでダイスをもう一度振る。そういった場合、これまではダイスの近くにいた仲間が拾い上げてくれていたのだが、呪術医師は時空航海士のことしか見えていないのかすぐ近くにある白銀のダイスに見向きもしなかった。

「……じゃあ、攻撃は胸部で」

「はーい。防御点を引いて、聖騎士の攻撃は竜に六ダメージを与えました。これで竜のライフは半分以下になったので第二形態になります」

「第二形態？」

　白銀が尋ねると、藤原は重々しくうなずいた。

「竜の硬い鱗がぼろぼろと剝がれ落ちていきます。よく見ると、それはひとつひとつが都道府県の形をしています。最後に竜の左胸に東京都の形をした鱗が残りました」

　藤原のゆったりした言葉は、白銀の脳裏にはっきりとその情景を映し出した。

　凶悪な竜が痛みに打ち震え、白銀たちの攻撃を受けて鱗を一枚、また一枚と地に落としていくのだ。犬の遠吠えを何千倍にもしたような声で竜が鳴き、灼熱の息が空を焦がす。

「竜の体が少しずつ小さくなっていきます。時空震に巻き込まれて消滅したはずの都道府県の力が竜から抜けていったためです。しかし、代わりに本来の凶暴性が竜の攻撃力を倍加させます」

「おお、時空震の封印って、そういうことだったのか……」

白銀は素直に感心した。まさか校長室の隠し預金を手に入れるためのあの冒険が、こんな伏線だとは思わなかった。TG部特有のとんでもも設定によるギャグかと思っていたら、まさか時空震と竜の装甲が密接に関係しているとは――

一時は冷めかけていたゲームへの情熱が、再び白銀の胸の奥深くを燃やした。

「次回の攻撃から、プレイヤーは竜の残された鱗を狙うか、頭部を狙うかの選択になります。よく考えて攻撃してください」

「……GM、確認したい。地面に落ちた鱗はどんな状況だ？　いや、埼玉とか千葉とか他の道府県の状況がどうなっているか確認できるか？」

白銀が質問すると、藤原は「よく質問しました」と言いたげににやりと笑う。

「はい、確認できます。聖騎士たちは王様から魔法の鏡をもらっていますからね。だから時空震でどこの県が消えたとか確認できていたんですよ……魔法の鏡によると、他の四十六の道府県はすべて復活しました」

「わかった。つまりは竜を倒す前に東京の鱗を落としておかないと、俺たちも竜と一緒に死ぬ可能性が――」

「大丈夫だよ、渚。二人で一緒に例のスキルを使おう」

「でも、あれは禁断の時空魔術なの！　私たち、死んでしまうかもしれないんだよ!?」

白銀の独白に割り込んできたのは、いつもの二人だった。

二人は向かい合って手を取り、瞳をうるませながら何事かを叫び合っていた。

竜との対決のクライマックスを前に燃えさかっていた白銀の胸の炎が、彼らの姿を見た途端、線香花火のように燃え落ちた気がした。

「スキル【時空船の暴走】は全員の力と心を合わせなければならないから、失敗するリスクがとても大きいんだよ？　それでも、あなたは――」

「ああ、やるよ。それしか……それしか生き延びる術がないんだ！」

「……いや、竜のライフはもう少しだし、たぶん、このままやっても相当運が悪くなければ俺たちが勝てるぞ？」

なぜか崖っぷちに自分たちを追い込みたいらしい呪術医師の台詞に異を唱える白銀だったが、そんなこと恋する二人の耳には届かなかった。

「ＧＭ、彼女のスキル【時空船の暴走】の使用を宣言する。これが、僕たちの最後の賭けだ！」

「かぐやさん、最後の勝負です！」

「……ええ、なんでもいいですから本当にこれで最後にしてくださいね？」

四宮が頰に手を当てながら極寒の視線を二人に向けていた。

呪術医師が白銀にダイスを渡しながら告げる。

「これで三人のダイス目の合計値が十四以上なら、時空船を最大出力で任意の対象にぶつけられるんです。たとえ竜の装甲値がどれだけ高かろうと、これで勝てないはずはありません」

「いや、だから鱗が剝がれて装甲は下がってるんだって……って聞いてないな」

「行くよ、渚！」

「ええ、二人の未来のために！」

二人は白銀の台詞を無視してダイスロールする。白銀も仕方なくそれにならった。

「合計は――十四！」

「やったぁ！」

二人がハイタッチし、それから呪術医師は感涙を抑えるように空を仰いだ。

条件はクリアしたため、これであとは時空船をぶつける対象を指定するだけである。

だが呪術医師はこれまでの戦いを思い起こしているのか、天を仰ぎ述懐するのだった。

「ここに来るまで、とても長かった……時空震による暴走もあったし、図書室で見つけた禁断の書を解読するためにサハ部と取引したこともあった」

「ダイスロールは成功したので対象を指定してくださいねー」

藤原が呼びかけたが、呪術医師はその声が耳に届かない様子で熱く語り続ける。

「校長室に忍び込んで金庫を破壊するために赤い線と青い線のどちらかを切らなければならないこともあったね……あれは危機一髪だった」

「うん、まさかあの場で第三の選択肢があるなんて、普通じゃ気づかなかったよね」

「僕たちはここに来るまで様々な奇跡に助けられてきた。でも、一番の奇跡は、別にあるんだ」

「それは何？」

「それは――それは、君に会えたこと」

「嬉しい……」

「早く対象を指定してくださいねー」

ひしっと抱き合う二人を前にして、にこにこした藤原が、しかしよくみると目だけ笑っていない表情で声をかけた。

どこか恐ろしさを感じさせる藤原の迫力に気づいたのか、二人はついに敵であるかぐやへと目を向けた。

「それじゃあ、せーので指定しよう」

「うん、これでやっと終わるんだね……」

「行くよ、せーの――」

運命の一瞬を前に柏木たちが息を吸った、まさにその瞬間だった。

白銀は「とても大事なことを思い出した！」とでも言うように手を叩いた。

「あ、石上、ところでさあ、最近、風船ガムって見かけなくなったけど、あれってまだ売ってるの？」

「最近のは性能も上がっていて凄いんですよ。ギネスの記録とかも――」

藤原の目がきらりと光った。

彼女は容赦なく宣言する。

「はい、対象を石上くんに指定しました。時空船は石上くんの死体を中心に爆発。周囲にいるプレイヤーである聖騎士、呪術医師、時空航海士はそれぞれライフを二十二減らしてください」

二十二ダメージも受ければ当然、即死である。その残酷な宣言に白銀は叫んだ。

「えーなんだってーしまったー俺のせいかー」

「ちくしょーせっかくここまで頑張ったのにー僕死んでるけどー」

白銀と石上の台詞は明らかに棒読みだった。おまけに二人の表情は半笑いだった。

彼らは自分たちの勝利よりも、世界を壊すことを選んだのだった。カップルの煽りを受けると時空震が暴走し都道府県が消滅する設定である。しかし味方にカップルがいた場合はその限りではない。その代わりに正義の心が時空消滅してしまうのだった。

白銀と石上は勝ち誇った顔でカップルに目を向けた。目論見が潰えてさぞがっかりしているだろうと期待してのことである。しかし、

「渚……世界が消えても、僕たちは一緒だ」

「うん。ずっと離さないで……時空が消滅しても、ずっと――」

二人は満足そうに固く抱き合っているのだった。

「あ、ちくしょう！　こいつら何やっても自分たちに都合いいストーリーにするつもりだ！　ＧＭ、知性で判定振らせてください！　こいつらの愛が真実かどうか暴いてやる！　いや、その前に物理的に引き裂いてやるんだ！」

「石上落ち着け、魔法の杖じゃ攻撃力が足りない！　俺の剣を使え！」

白銀と石上はぎゃーぎゃーと騒ぎ立てたが、固く結ばれたカップルの絆は伝説の聖剣でも決して切れなかった――

♀♀♀

「――こうして、竜を倒す力を持った最後の戦士たちは時空船の暴走により自滅してしまいました。古城にただ一匹残った竜は地に落ちた鱗を再び身につけます。完全に復活した

竜は大きく息を吸い込み、それは巨大な炎となって吐き出されました。炎が日本全土を燃やしつくすのを見届けると、竜は天高く羽ばたきます。竜の次なる目的は海の向こう。遠い異国に向かって、大きな咆哮を響かせるのでした」

藤原が重々しく語ると、最後にマニュアルを閉じた。

一冊の本を読み終えたように満足そうな顔で、藤原は勝者の手を取り、たかだかと掲げてみせるのだった。

「はい、それではこれにより日本は壊滅し、竜の勝利に終わったのでした。かぐやさん、おめでとうございます」

「……全然めでたくないです」

藤原に右手を摑まれているためルーティーンも行えず、かぐやは怨恨を隠しきれない眼差しを友人へと向けるのだった。

——本日の勝敗、竜勝利。

第3話☆

石上優は呪われた

「最近、呪われたかもしれないんです」

「呪われた⁉」

白銀は石上の突然のカミングアウトに驚きを隠せなかった。

生徒会室へ向かってぶらぶらと歩いている最中のことである。部活連に関するちょっとした仕事を終えると、窓からは西日が差し込んでいた。

急におかしなことを言い出した石上に対し、昨日のＴＲＰＧの配役が抜けていないのかと白銀は疑ったが、そんな様子はなかった。

「呪われたってどうしたんだよ。まさか、おまえまで変な手紙受け取ったとか？」

「それだったら、クラスメートからの嫌がらせを疑いますよ」

にこやかに語る石上からかすかな狂気を感じ、白銀は黙り込まざるをえなかった。

そして、石上は事の始まりをぽつりぽつりと語り始めるのだった。

♂♂♂

秀知院の美術準備室には数多くの作品が眠ってるんですよ。賞獲った作品とかが保管されてるっぽいんですけど、うちの学校は無駄に歴史が長いじゃないですか、創立何百年だとか。まあそれだけ長い歴史があると保管されてる量も半端ないわけで、それに比例して管理する手間も増大するわけで。

「まったく、とんだ貧乏くじだよ」

準備室に入って膨大な数のキャンバスを前に嘆息しました。この芸術の残骸の山を前にすれば、誰でも数人で掃除するのが妥当だと判断します。

でも、美術室掃除の班の割り当ては単純な面積率で振り分けられまして。六人の班員のうち三人が美術室を担当し、二人が廊下を、そして残る一人が準備室というわけで。

他の班員たちは箒とモップで床を掃除すれば事足りる……でも準備室に関して言うなら、まず掃除すべき床を発掘する作業から取りかからなければならないんですよね。

「……まあしかたないか。他の奴らとこの狭い空間で気まずい思いするのもアレだし」

僕はクラスメートから白い目を向けられてますし、一人のほうがリアルに気楽なんで、それはいいんです。一人になればサボれるかもしれないと考えて美術準備室の掃除に自分から手を挙げたんですから。

「僕の見込みが甘いのはいつものことだけど……この量はなぁ……」

僕はため息をつき、手近なキャンバスを持ち上げました。

真面目に掃除をするつもりなんてないですけど、まあ怒られない程度には掃除しておかないと後が怖いですし。ギリギリ怒られないラインで、皆が掃除を終わらせるタイミングに合うように手を抜く算段を立てながら作業してたわけですが、事件はその時に起きたんです。

「あれ？　この絵って……」

適当にキャンバスを壁際によけて道線を作っていると、一枚の絵から違和感を感じたんです。

見る前から、その絵は他の絵とは違うのがわかりました。

まず、手に取った時の感覚からして違ったんです。他の絵はたいていキャンバスのごわごわとした触り心地や、油絵具のつるつるしてて少しぐにっとした、なんだか触ってて落ち着く感じの触り心地なんですが、その絵だけはそういったものを感じさせない、なんというか痛み。そう、「痛い」って思ったんです。

別に絵なんて興味ないんで、掃除する時わざわざ確認したりしないんですが、何がこんな異質な感覚をもたらすのか、その原因が知りたいじゃないですか。

わざわざ埃を払って、その絵を見たんです。

「うわ」

ゾクッとしましたね。

見るんじゃなかったって思いましたよ。僕はその絵画を壁側に向けておいて、早いところ掃除をすませてしまおうって気になりました。別に絵の中身が不快だとか、気に入らなかったとかではないです。むしろ美しい絵でした。それはとても。絵画のことなんてろくすっぽわかりはしませんが、そんな僕でもその絵に込められた情熱を感じ取れて、純粋に凄いなって思うような絵でした。


じゃあなんで僕は目を背けたのか。

話は簡単です。四宮(しのみや)先輩がモデルの絵だったからです。


そんな絵があったら、掃除してる最中まで四宮先輩に監視されてる感じがして何一つ気が休まらないじゃないですか。だからわざわざ裏にしておきました。

くわばらくわばらと唱えて掃除に戻るじゃないですか。まあくわばらは落雷避けの呪文ですが、すがれるものにはすがりたい気持ちだったわけです。

まあ、ここを話のオチにしてもいいんですが、残念ながら本番はここからでして。

以前ここを掃除した人は、年代ごとに作品をソートしていたようで、僕もそれにならって年代順に絵を整理していったわけです。

それで、その一角にあったのは昭和四十年代の作品。今から四十年以上前の作品ばかりだったんですね。すべてに日付とサインがあるわけじゃなかったので、生地の傷みとか、木枠の変色からある程度あたりをつけて整理していったんですけど、そうなるとおかしいんですよね。

なんで四宮先輩の絵が、ここに紛れ込んでるんだろうと。

平成の悟り世代に生まれた四宮先輩の絵が、ここにあるのは、どう考えてもおかしいじゃないですか。

まあ、たまたま偶然紛れ込んでしまったってのも考えられます。木枠の使い回しとかしてて、前任者が僕みたいに色の変色具合で年代を区別してた、あるいは木枠そのものに日付とサインが入ってた、なんてことも考えられるわけじゃないですか。

なんでだろう、僕は首だけひねってあの絵を確認しようとしたんです。

僕の推理が正しければ、木枠に何かしらの痕跡があると思ったからです。もともと絵を裏返してたから、見るだけで答えがわかる。そうじゃないですか。

でもわからなかった。

だって四宮先輩の絵はこっちを向いてたんですから。

僕は硬直しました。

僕は確かに裏にしておいたはずなんですよ。だって四宮先輩に見られてる感じがして、怖くて、だから裏にした。何があろうと表のままにしておくミスは絶対にしない。それほどまでに僕は四宮先輩が怖いんですから。

だれかの悪戯(いたずら)かと思いました。でも、美術室に通じるドアに異変はない。美術室を掃除するクラスメートの笑い声が微かに聞こえてて。古く傷んだあのドアが開けば、その軋(きし)む音で掃除中とはいえさすがに気づくはずです。

「………」

どこか寒気を感じながら、その絵を棚に仕舞いました。絶対に出てこないように上から厳重に布をかけて。

それからは手際よく掃除をしましたよ。だって、一刻も早くこんな場所からは去りたいじゃないですか。

僕は嫌な予感に囚われながらも我慢して掃除を続け、予定よりずっと早く掃除を切り上げました。

そして、電気を消して外に出て、扉を閉めようとしました。

でもなかなか閉まらなくて、何か挟まってるんじゃないのかとドアの隙間を見たら。

四宮先輩の絵が、確かにこちらを見てたんですよ。

♂♂♂

階段の踊り場は、しんと静まり返っていた。

それまで一気にまくしたてていた石上が黙り込み、開いた窓からの風が前髪を静かに揺らした。

白銀はすこし思案した。

かぐやの絵と聞き、自分が授業中に描いた物を思い浮かべたが、年代が違う。この話に自分は登場人物ではなく、傍観者として意見を求められているのだ。

ならば言いたいことは一つだ。

だが、それを口に出すのはあまりに無神経なのではないだろうか？

悪趣味な言葉ではないだろうか？

なんと声をかけたらいいものか考えたが、石上が主題とするのはまさにこの部分であろうと、ゆっくりと口を開いた。

「……まるであれだな、藤原（ふじわら）たちが話していた七不思議の一つ」

「はい、【動く絵画】そのものじゃありませんか」

ＴＲＰＧの時の藤原たちとの会話を思い返す。


『それ、まるで【見舞う骸骨】みたいだね』

『見舞う骸骨？』

『学校の七不思議だよ。聞いたことない？』

『私も知ってますよー。【動く絵画】とか【無人のピアノ・ソナタ】とか』

『あと【十三階段】とか【首吊りの木】、【願いの叶う指輪】なんてのもあるよね』


一般的な七不思議において、【動く絵画】系にはいくつかのパターンが存在する。

一番メジャーなものは音楽室の肖像画タイプ。これはベートーヴェンやバッハの目が動いたり光ったりする。

次に、絵の中の人物や背景が動いたり消えたり、あるいは生徒が絵の中に閉じ込められたりするタイプの怪談。

さらに、誰もいないはずの場所で物理的に絵が移動するという類いの話だ。この学園における【動く絵画】は、これである。

となれば、石上はまたしても七不思議を体験したことになる。

「これで三つ目ですよ……ちょっとヤバくないですか……」

石上は長い前髪を押さえながら掻きむしり、ただでさえ陰気な顔に深い影を落とす。

三つ目。

そう、この七不思議の質が悪い所は、七つ目の怪談が【六つの怪談に遭遇した者は、屋上から落ちて死ぬ】であるところにある。

即ち六つの不思議に遭遇すれば、自動的に七つ目の不思議は訪れる。死へのカウントダウンは三。

残すは【無人のピアノ・ソナタ】、【首吊りの木】、【願いの叶う指輪】……石上は、今まさに折り返し地点に立っていることとなる。

白銀は怖がりだが、今回の話には怖さより言いようのない微妙な気持ちが強かった。

「四宮の絵についての話が七不思議の一つにカウントされたのが複雑な思いだ」

「ワンチャン四宮先輩が実年齢六十近くの妖怪だったたって線も捨てきれないと思うんですよね」

いたって真面目な顔で石上はそんなことを言う。

「いやそれは捨ててほしいんだけど」

まあそれはそれとしてと、石上は話を先に進めた。

「この短期間で三つも七不思議に遭遇するってのは、ちょっと気味が悪いですよ。このペースでいけば今週中に七不思議コンプリートしちゃう勢いじゃないですか」

「いや、気のせいだと思うけどな」

今回の件で言うならば、石上はこれまで何度も七不思議に遭遇していたものの、それまで気にも留めず、遭遇したという認識すらしていなかったものが、七不思議の存在を知ったことで急に認識し始めた。そういうロジックではないだろうか。

「でもそんな都合よく遭遇しますかね」

「だってそうだろ、なんだっけ【無人のピアノ・ソナタ】とか？　ひとりでに鳴るピアノとか、弾いてた人と入れ違いになっただけじゃん。そういうことって結構あると思うんだよな」

「まあそうですよね、入れ違いなんてよくあること……」

と、その瞬間だった。

「⁉」

白銀と石上は同時に振り向いた。

彼らの視線の先には音楽室がある。そして、そこからピアノの音が響いてきたのだった。

「……なんか、凄いタイミングですね」

「……だな」

二人は思わず顔を見合わせ苦笑した。

ひとりでにピアノが鳴っても怖くないと話していた時に、ちょうどピアノの音が聞こえるという、まるで笑い話だった。

「しかし、部活終了時間は過ぎているな。軽く声だけかけていくか」

「ですね、幽霊なんて実際いないんですから」

白銀は音楽室の前に立ち、扉に手をかけた。

この扉を開け、中の生徒に一言告げるだけでいい。白銀だってそこまで口うるさく言うつもりはない。「暗くならないうちに帰れよ」と言うだけですむ話なのだ。

それで今も鳴り響き続けるピアノの音が、怪奇現象でもなんでもないことが証明される。だというのに——

「会長……まさか、ドアが開かないとかじゃないですよね？」

白銀は額に汗がつたうのを感じた。しかし、どれだけ力を入れても音楽室のドアはぴくりとも動かなかった。

「おい、誰か。誰か中にいるのか？」

ドアを開けるのを諦め、白銀はそう呼びかけた。

しかし、しばらく待ってもピアノの音は消えず、ドアは開かなかった。

「誰か。部活時間は終了しているぞ。鍵を開けてくれ」

あいにく、扉にガラス窓などは存在せず、中の様子をうかがうことはできない。

白銀は業を煮やし、どんどんと扉を叩いた。

「怒らないから、出てくるんだ。頼む。少しでいいから顔を見せてくれ。いや、マジで」

「か、会長……」

石上はすっかり怯えてしまっている。

音楽室の扉は厚いとはいえ、これだけ叩けば中にいる生徒が気づかないはずはなかった。そして、秀知院の生徒会長がこれだけ呼びかければ、どれだけ豪胆な生徒だろうと返事のひとつくらいはするだろう。周囲から一目置かれている白銀の呼びかけを意味もなく無視するようなことはしないはずだった。

そう、普通の生徒ならば。

白銀はぴたりと手を止めた。

「……会長？」

石上がすがるように見上げてくる。

「きっと中にいる生徒は、練習熱心でこちらの呼びかけも聞こえないほど集中しているのだろう。鍵を閉めているのも邪魔が入らないようにするために違いない。さあ、石上、俺たちも邪魔にならないようにお暇しよう」

自分に言い聞かせるように一息に言ってから、白銀は音楽室に背を向けた。

「いや、これはもう誰かの悪ふざけです……。ちょっと待っててください。向かいの校舎の窓からなら中の様子が確認できるはずです。僕行ってくるので会長は中から人が出てこないか見張っててください」

「……まじか」

呆然と呟く白銀に背を向けて、石上は走り出していた。

♂♂♂

若干ナイーブ気味の石上にとって、七不思議を連想させるような行為をする奴は怒りの対象以外の何ものでもなかった。

せめて誰なのか突き止めて文句の一つでも言ってやらないと気がすまない。石上は肩をいからせながら渡り廊下を駆ける。

そして向かいの校舎にたどり着き、廊下の窓から音楽室を睨む。

――が。

いない。誰もいない。

角度が悪いのか、死角を潰すように注意深く位置を変えながら音楽室の中を確認するも、やはりいない。

入れ違いになったのか、だとしたら奏者は今頃白銀に説教されているのだろう。

ため息混じりでポケットからスマホを取り出し、白銀に電話をかけた。

「もしもし、会長ですか。こんな悪戯をするのは、どんな奴でしたか」

無言。電波状況が悪いのか、白銀の返事がない。

もしもし、もしもしと、何度か声をかけると、ようやく返事が帰ってきた。

『……いや、今も鳴ってる最中なんだが』

唖然とする。

だってピアノの前には、誰も座っていない。誰もいないのだから。ピアノを鳴らせる奴がいるわけがない。鳴っているはずがない。

石上は窓を開け放つ。確かにピアノの音が微かに聞こえる。

一つわかることは、これは生楽器特有の重厚な響きであること。つまり、スピーカーやラジカセを音楽室内に置いて再生している、という線は考えづらいということ。

ふと、音色に覚えがあることに気づいた。

昔、伊井野(いいの)が弾いているのを聴いたことがあった。タイトルは確か。

――葬送。

ショパンの葬送行進曲。

その瞬間。石上の表情から怒りが消え失せ、恐怖へと転じた。

【六つの怪談に遭遇した者は、屋上から落ちて死ぬ】

またしても七不思議の一つに遭遇し、死へのカウントダウンを進めてしまった石上に対する鎮魂歌のように聴こえた。

思わず、石上の口から泣き言がこぼれた。

「会長、僕もうほんといや……これで四つ目ですよ。これはもう偶然じゃ……」

『……考えてみればさ、俺も石上の十三階段の遭遇現場にいたわけじゃん。んでこれじゃん。俺も二つ目ってことになるのかな』

白銀は震える声で言った。

『とりあえずここから離れよう。中庭で合流だ』

「わ、わかりました」

石上は通話を終えると、スマホをポケットにしまう間も惜しいとばかりに全力で逃げ出すのだった。

♀♀♀

さて、少しだけ時を遡る。

白銀と石上が逃げるように立ち去る、三十分ほど前のことである。

かぐやが生徒会室で事務仕事を一区切りすると、藤原が唐突に宣言したのだった。

「ロマンティック作戦です！」

「『ロマンティック作戦⁉』」

藤原の唐突な発言を受けて、かぐやと伊井野は口を揃えて復唱した。

生徒会室で女子メンバー三人が顔を揃え、伊井野が「今日はいい天気ですね」と言い、かぐやが「夕方から降水確率は三十パーセントとのことでしたが、この分だと大丈夫そうですね」と答えた直後のことだった。

生徒会書記に脈絡を求めてはいけない。

「以前、かぐやさんへのラブレターを撃退するために会長か石上くんとつき合っているふりをするなんて話になったじゃないですか。その時にどちらがいいかプレゼンしましたよね。あの時、男子の反応がちょっとひどくなかったですか？」

「私の時、一番反応がひどかったのは藤原さんでしたけどね……」

暗い目でかぐやが呟いたが、その発言は黙殺された。

藤原はいつの間にか鹿撃ち帽を被り、小道具のパイプをくわえている。

すっかりラブ探偵と化した彼女は、びしり、と伊井野に指をつきつけて、

「ミコちゃん、そうですよね？　ミコちゃんが自信を持ってプレゼンした出会い・告白シ

チュエーションが散々に馬鹿にされちゃったじゃないですか」

「え？　そ、そうですね……ええ、確かにその通りです」

伊井野ミコは藤原千花(ちか)に心酔している。どこをどう間違えればそんな考えを抱くのか、かぐやにはさっぱり理解できないが、伊井野が将来怪しい宗教や勧誘に引っかからなければいいと願う。

とにかく伊井野は藤原の言葉にいつも通り、一瞬で説得されてしまったようだった。

「確かにあの時、会長には私のプレゼンを一蹴されてしまいました」

「でしょー？　まるで私たちの恋愛センスがゼロみたいにひどいこと言ってましたよ。でもですね、男子って言葉では突っぱねるけど、いざ自分がそんな状況に陥ったらきっとドキドキしちゃうと思うんですよ」

「なるほど」

こくこくとうなずき、藤原の言葉になんの疑問も抱かない伊井野。そんな彼女に背中を押されるように、藤原は満面の笑顔で両手を広げた。

「それでですね、前回が理論編だったとしたら今回は実践編というわけです。私たちが考える理想の出会いから告白のシチュエーションを男子に体験させてドキドキさせちゃおうという、それがロマンティック作戦なのです」

「なるほど！」

なるほど、ではない。

伊井野は勢いよくうなずいているが、かぐやからすれば藤原の説明はふわっとしすぎていて、全く内容が伝わってこない。

かぐやは藤原に質問する。

「理想の出会い・告白シチュエーションを体験させるといっても、私たちは既に出会ってしまっていますよ。物理的に不可能ではないですか。役者でも連れてくるのですか？」

「んー、それでもいいけど、結局、そうなると役者さんにドキドキされるだけになっちゃうじゃないですか。そうではなくてですね、姿を隠した私たちが、ロマンティックなシチュエーションだけでドキドキさせちゃうってのが今回の作戦の肝なんですよ」

「姿を見せずに……つまり、正体を知られないようにドキドキさせるのですね」

「そうです！」

かぐやは思案した。藤原はいつも突拍子もないことを言い出すが、それが今回のようにかぐやにとって都合がいいものであることも少なくない。

そう、今回の作戦はかぐやにとってはデメリットが見当たらないのだ。会長に対して恋愛頭脳戦をしかけるチャンスであり、しかも事が露呈したとしても「藤原さんがどうしてもと言うから……」と彼女を盾にすることができる。

作戦が成功して白銀をドキドキさせられたら、後日ネタばらしをしてかぐやの好感度を上げればいい。うまくいけばそのまま告白させるまで持っていけるかもしれない。

そして、失敗しても責任はすべて藤原に押しつけられる。実に素晴らしい作戦だ。

かぐやはにこりと微笑んだ。

「……いいでしょう。今日の仕事は終わりましたし、少しでいいならつき合いますよ」

「やったー！」

藤原はばんざーいと手を上げる。誰かが一緒に遊んでくれるとなると、彼女は本当に嬉しそうに笑うのだ。

いつも無茶なことばかり言って、何を考えているかわからない藤原だが、そんなところは純粋に可愛らしいと思うかぐやであった。

♀♀♀

ピアノの余韻がゆっくりと消えていく。

演奏者――伊井野ミコが振り返ると同時に、藤原が音が響かないように小さく拍手をした。

伊井野が小走りにこちらに駆け寄ってきて、「どうでしょうか？」と身振りだけで尋ねる。藤原は片手を上げて制止し、数秒後にふっと息を吐いた。

「会長が立ち去りました。もう喋ってもいいですよ」

「白銀会長たちの反応はどうだったでしょうか？」

「うーん……ミコちゃんも見てみますか？」

伊井野の言葉に藤原はスマホの画面を見せた。そこにはつい数分前の白銀たちの姿が映し出されている。

スマホを録画状態にし、廊下の消火器の後ろに隠しておいたのである。少しアングルが悪く、小声の会話は拾いきれていないものの、男子陣の様子をうかがうには十分であった。

伊井野は自分の演奏を聴く白銀たちの表情を緊張した面持ちで観察していたが、それが期待通りの反応でないことを知り、段々と沈んでいった。

「やっぱり私の演奏じゃ駄目でしたね。白銀会長なんて、怒ったように帰ってしまいました。私なんかじゃなく、藤原先輩に弾いてもらったほうが――」

「そんなことないですよ！　ミコちゃんの演奏はとてもよかったです。心がこもっていて、真剣にピアノを弾いているのが伝わってきましたから！」

藤原が励ますと、伊井野はとても嬉しそうに口元をほころばせた。

「本当ですか？　ありがとうございます。藤原先輩にそう言ってもらえるなんて……本当に光栄です」

伊井野は感激してすっかり上機嫌になっている。白銀と石上をドキドキさせる作戦は失敗したが、それでも彼女は満足そうだった。

かぐやは『藤原さんが弾いたら巧すぎて一発で奏者がバレてしまいますからね』という言葉を飲み込んだ。伊井野は確かに「ピアノが弾ける高校生の中では相当上手な部類」だが、それでも藤原と比較するのはあまりに酷であることをかぐやは重々理解していた。

「だいたい、あの男たちには芸術センスが全くないんですよ。ミコちゃんの【素敵なピアノの音色に誘われた男子生徒が、誰が弾いているんだろうと想像を膨らませるドキドキ】というアイデアはよかったと思いますが、好きな曲を尋ねると【スーパーのタイムセール時に流れる曲】とか答える会長には、少し要求する文化レベルが高すぎたかもしれないですね」

「む」

白銀を馬鹿にされて、思わずむっとするかぐやだったが、不満はぎりぎりで飲み込んだ。

【素敵なピアノの音色に誘われた男子生徒が、誰が弾いているんだろうと想像を膨らませるドキドキ】

こんな素敵なピアノを弾いている人は、素敵な人に違いない。そういった先入観は認知バイアスの一つであり「ハロー効果」と呼ばれている。

彼女たちが狙ったのは「ピアノを弾く少女」を想像させ、白銀たちを期待にあたふたさせることだった。

なので奏者が伊井野だとバレてしまえば、「ああ伊井野だったのか」で話が終わってしまうのだ。

よりミステリアスな少女を作り上げるなら、正体を見せてはならない。

そこで取った戦略は、『音楽準備室内での演奏』である。

伊井野が葬送行進曲を弾いていたのは、音楽室のグランドピアノではなく、音楽準備室のピアノ。イタリア語で小さなピアノを意味するpianino、一般的にはアップライトピアノと呼ばれるタイプのものであった。

これを隣の音楽準備室の扉を少し開け放って弾けば、無人の音楽室にピアノソナタが鳴り響く、そういうわけである。

グランドピアノとアップライトピアノの構造は近く、どうせ男子たちに音の違いはわからない、なんだったらラジカセでもバレないいんじゃないかというのが藤原の主張であった。

流石にラジカセではバレていたであろうが、アップライトピアノを使用した藤原の采配は見事的中し、白銀と石上は見事に「ピアノを弾く少女」の幽霊を見ることになった。

♂♂♂

裏庭で合流した白銀が最初にしたことは、石上に謝罪することであった。

「石上……今まで疑ってて悪かった……どうやら、マジで呪われているらしいな」

「え、会長――ちょ、そんな、やめてくださいよ、謝らないでください」

白銀が頭を下げると、石上は強ばった笑顔を無理矢理作った。

「僕だって信じてたわけじゃないいんですよ。ただ話の種というか、日常のスパイス程度にちょっと相談というか、アレしただけですって。だから……だから七不思議なんて馬鹿馬鹿しいって、お願いですから笑い飛ばしてくださいよ」

ははは、ははは、と乾いた声が石上の口から漏れる。

あまりの恐怖に現実逃避したいのか、あるいはあえて明るく振る舞うことで七不思議を笑い飛ばそうとしているのか。

その様子が痛々しくて、白銀は思わず目をそらしたくなってしまった。

「それに会長、万が一、七不思議が本当だったとしてもこれで打ち止めですよ。最後のやつを除けば残り二つですけど、これは絶対に叶わないいんです」

恐怖が行きすぎてハイになっているらしい石上は白銀の反応を待たずに続ける。

「たとえば【願いの叶う指輪】です。これは学園のどこかにその名の通りの指輪が隠されているらしいんですが、そんなのあるはずないじゃないですか。なんでも、手に入れた者は願いを叶えることができるらしいですが、それなら見つけたとしてもこう願えばいいんですよ。【七不思議の呪いで死なないようにしてください】って。そうすれば解決ですし、もし願いを叶える力がその指輪になかった場合は、そもそも【願いの叶う指輪】という七不思議が満たされていないわけですから論理矛盾になります」

それから石上は中庭にある一本の木を見上げた。

「それとこれは【首吊りの木】と呼ばれている七不思議の一つです。かつてはこの木の下で告白すると成功するという幸運の木でしたが、この木で首を吊った生徒がいるらしく、以来、『ここで告白された者には波乱続きの恋が待つ』と伝承が変化したようです」

白銀はびくりと身を震わせる。

「ずいぶん詳しいな……」

「いや、気になって調べちゃいました……でも知らないほうが幸せだったかも……」

「おい、七不思議の一つがあるなら離れたほうがいいんじゃないか？　おまえ今、七不思議を引きつける体質になってるっぽいし」

するると、石上はふと真顔になり、

「七不思議を引きつける体質……」

石上は何かひらめいたようだった。

「だとしたら、僕ここにいれば告白されるんじゃありませんか!?」

「おまえ急に何を言い出すかと思えば……」

「だってそうでしょう。いま僕は七不思議を引きつけるパワーを持っていると言っても過言ではありません。だったらこの木が持つ『ここで告白された者には波乱続きの恋が待つ』という告白イベントすら引き起こしてしまうのではないでしょうか」

「波乱続きだけどいいのか？」

「愛があれば、波乱なんてむしろ望むところでしょう」

ははは と笑う石上。

くるり、と首吊りの木に向かうと、石上は唇をつり上げて笑顔を作った。

「おうおうおう七不思議さんよぉ、できるもんならやってみてくださいよぉ。ええ？　どうやったら僕が告白されるっていうんですかぁ？」

めっちゃ煽ってるこの子……白銀は怪異に怯えていた今までとはまた別種の恐怖を覚えていた。

「勝負しようじゃないですか、僕の童貞力と七不思議の力。世紀のドリームマッチです」

バケモンにはバケモンをぶつけんだよ、と笑う石上に白銀は冷や汗をかく。

「石上……あと二つ七不思議に遭遇したらやばいってわかってんのか……？」

♀♀♀

「えーっと、次の作戦は【恋文作戦】です」

藤原が鼻高々にそう宣言した。

「メールや電話が発達した現代だからこそ、直筆の手紙って心に届くと思うんです。今回はルール上、差出人の名前を書くことができませんが、たとえ正体不明の相手からもらったとしても、ラブレターをもらったらドキドキしちゃうと思うんですよ」

かぐやは絶句した。

陸に打ち上げられた魚のようにぱくぱくと何度か口を開閉させてから、ようやくかぐやは喋り始めることができた。

「……藤原さん、あなたは、そもそもこの作戦のきっかけを覚えていますか？」

「なんでしたっけ！」

にぱーっと笑顔で小首を傾げる藤原。

望まぬ相手から恋文をもらって困っていたかぐやを助けるために、かぐやが誰かとつき合っているふりをしようという話になったのが発端である。その相手を決めるために、理想の出会いから告白までのシチュエーションをプレゼンし合ったのだ。

そして、理論ではなくその実践編が今回のロマンティック作戦ではなかったか？

ラブレターをもらい続けて困っているというかぐやに対して、【恋文作戦】などとよく提案できたものだ。

「役割を分担しましょう。ミコちゃんがキュンとくる文面を考えて、かぐやさんが清書してください！」

「きゅ、きゅんとくる文面ですか……？　が、がんばります……！」

困惑しつつもノリノリっぽい伊井野に対し、かぐやは冷ややかに返す。

「では藤原さんは何をするんです？」

「私は司令官ですから。あっうそですうそです。私はメッセンジャーやります」

働き者で無能な司令官ほど戦況を悪くするものはないとは誰の言葉だったか。かぐやがため息で返すと、藤原はすかさずヨイショでノせてくる。

「かぐやさん字上手ですから〜。やっぱり字が上手な人って美しい人な気がしますよね？」

こりもせずハロー効果を貪欲に狙いに行く藤原。伊井野の下書きを受け取ると、かぐやは仕方なく筆をとる。

「綺麗な字、かつ可愛い感じというか！　それでいてどことなくエロスも感じられるような……そうそう！」

仕上がった手紙を見て藤原は大いに満足した様子だった。

かぐやにとって筆跡の偽造や模倣はお手のものである。

今回は過去の生徒会議事録からそれっぽいニュアンスの筆跡を拝借した。

「でも藤原先輩、どうやって会長たちに手紙を渡すんですか？」

かりかりとシャーペンの音だけが響く空気に耐えきれなかったのか、伊井野がそんなことを質問した。

「んっふっふっふ。方法は、ちゃーんと考えてありますよ」

そして藤原は便箋をおもむろに折り始める。

かぐやと伊井野は何をしているのかとその様子を見守った。

しばらくして、伊井野が声をあげる。

「あ、紙飛行機ですか？」

「はい、私こう見えて紙飛行機折るの上手なんですよ～。これなら、差出人が私たちだと気づかれずに手紙を届けられます！」

素振りのつもりなのか、藤原は紙飛行機を持ったままぶんぶん腕を振っている。

かぐやはじっと藤原の手の中の紙飛行機を見つめた。

（適当に折っていたように見えましたがなかなか理にかなっていますね。翼の後部を折り曲げることによって上下の空気抵抗に差を出し、揚力を得ようとしているのでしょう。問題は機体の軽さかしら。今日はあまり風もないけれど、しょせん紙が原料では――）

学者肌であるかぐやは、つい紙飛行機の性能を分析してしまう。かぐやの目から見ても藤原製の紙飛行機はよくできていたが、それでも完璧というわけではない。

「藤原さん、これ、狙い通りに飛ぶのですか？」

かぐやの質問に対して、藤原は「よくぞ聞いてくれました」とばかりに、不敵に口角を上げるのだった。

「ふっふっふ。そうですね。確かに紙飛行機で狙い通りの場所に届けるのは難しいです。たとえば人間という〝点〟を狙うことは、この距離からではほぼ不可能と言っていいでしょう。しかし、この条件下においては、狙うべきは〝点〟ではなく〝面〟でいいんですよ、かぐやさん」

そう言う藤原の視線の先を追ってみると、そこには大きな一本の木があった。

「木を狙うのですか？　それなら確かに難しくはないでしょうが、はたして会長たちが木の枝に引っかかった紙飛行機に興味を持ちますか？」

白銀は生徒会長だ。模範的な振る舞いを求められている彼は、廊下に落ちているゴミを見かければ拾うのは当然と考えているはずだ。

木の枝に紙飛行機が引っかかればそれを取るかもしれないが、中身を読むだろうか？

そもそも突風でも吹いて遠くへ飛ばされてしまったら書き直しになる。

かぐやには藤原の作戦が穴だらけに思えた。

「もしかしてですけど、小さく折り曲げて投げたほうが正確だし早いんじゃ？」

「紙飛行機はロマンです」

と、熱い瞳で言う藤原。

「ロマンじゃ仕方ありませんね」

と、適当に答えるかぐや。

もはや遊びと化した今回の作戦である。藤原は確実性など求めていないことに、かぐやは今更ながら気づいた。

「そうですね。たとえば落ちていたノートを拾っても、会長なら中身を読まないでしょう。ですが、あの木に限っては話が別です。あの木はとある噂がありまして、きっと二人は興味をそそられると思うんですよ」

藤原は言いきると、「せーの」というかけ声とともに大げさなオーバースローで紙飛行機を飛ばした。

それは空中でふらつきながらも、狙い通りに中庭の木に向かって飛んでいくのだった。

♂♂♂

紙飛行機が飛んでいた。

「…………」

「…………」

白銀たちの目の前をすいーっと横切っていった紙飛行機が、風に煽られUターンし、再び白銀たちの前を通り過ぎる。

「…………」

「…………」

そしてふらふらと揺らめきながら、石上の靴の上にポトッと落ちた。

紙飛行機には何やらびっしりと文字が書き込まれており、しかもそれは誰かに宛てた手紙のようだった。

「会長、一つわかったことがあります。どうやらオカルトは存在するっぽいです」

「俺もちょっと鳥肌立ってる……」

白銀は慌てて背後を振り返ったが、帰宅しようとする生徒たちの背中が遥か遠くにちらほらと目に入るばかりで、とてもあんな遠方から飛んできたものとは思えなかった。

「七不思議さんやっぱ怒ってるのかなぁ。さっきめちゃくちゃ煽っちゃいましたし」

だれだ七不思議さんて。

石上の顔は白い。無垢なキャンバスのように何ものにも染まってない純粋さがあった。

「誰かの悪戯だ。童心に返って紙飛行機を飛ばすくらい不思議なことでもなんでもない。確かに俺たちがあの木の話をしていた直後に飛んできたのは不自然に思えなくもないが、それもただの偶然だろう」

「そうですね。僕もそう思いますが、その……やっぱり見なかったことにして帰りませんか？　僕、今日の深夜アニメの予約がきちんと入っているか心配になってきました」

いまこの手紙を読まずに帰れば、ギリギリ七不思議にカウントしなくていいのではないか？　そのようなことを石上は言いたかったのであろう。

「まあそれでもいいんだがな……ただ」

「ただ？」

「これが、本当に石上宛のラブレターだった場合を考えてな」

「……それは」

それは、送った相手がいるということ。

自分に愛の言葉を、勇気を出して綴った人がいるということ。

そんなラブレターを読まずに帰るなど、勇気に対しての冒瀆なのではないだろうか？

「僕はまた、自分のことばっか考えて、駄目っすね」

「いや、今回ばかりは仕方がない。読まないという選択肢もありだと俺は思う」

「読みますよ」

石上は笑った。

紙飛行機を広げると『あなたのことが好きです』から始まる文章が続いていた。

「ははは、まじラブレターじゃないっすか。僕こんなのもらったの小学校の時以来ですよ。いやまあその時のやつは他の男子が女子の字っぽく書いた偽のラブレターだったんですけどね。それを思い出しますよ。あれはホント最低でしたね。ああいうことする奴は全員性格終わってるとしか言いようがありませんよね。でもこれは違うんですよね。コレ本物の女子の字ですもん。可愛い文面に、綺麗な字。これ絶対可愛い子ですって嬉しいですね」

悲しいことにすべてが役割分担の上で制作された創作物であった。

そして石上は最後の行まで読み終わり、署名を読み上げた。


「FROM　親愛なるあなたへ　ピアノの少女より」


「…………」

「…………」

「さっきの葬送行進曲の幽霊や――――――ッ!!」

「石上ぃいいいいっ！」

走り出す石上。

白銀は彼を止めようとしていたのか、共に逃げようとしていたのか。

自分でもわからないが、とにかく走っていた。

自分たちが巨大な何かに巻き込まれたことだけはわかっていた。その魔の手から逃れたい一心で、二人は全力疾走した。

人間は非常時に逃げる際、普段通り、慣れた道や、来た道をそのまま戻る傾向がある。

二人はいつの間にか通り慣れた道を通り、そして生徒会室へとたどり着いていた。

「会長……荷物をまとめて、今日はもう……ぷっ」

「ああ……帰ろう。もう何があっても帰ろう……は、はは」

荒い息をつきながら、二人はそれでもいつしか笑っていた。

冗談みたいだった。

今日の放課後は何だったのだろうと白銀は振り返る。

怪奇現象に巻き込まれたと石上から相談を受け、音楽室のピアノに怯えた。

最後にはもらったら嬉しいはずのラブレターにさえ怯える始末だ。

幽霊の正体見たり枯れ尾花。

きっと、タネが割れてしまえばなんてことない話なのだろう。

すべて合理的な説明がつくことばかりのはずなのだ。

たとえば、生徒会室の机の上に、見慣れない小箱が置いてあることについても――

「ふ、うふふ、あは」

「くふ、ははっ、はははは！」

石上と白銀は肩を叩き合い、指をさしてその小箱を笑った。

ドラマや映画でよく見るような、あのデザインの小箱だ。実際に手にしたことはない。

だが開ける前からどんなものが入っているのかは想像がつく。

給料三か月分くらいの値段の、指にはめる例のあれが入っていたりするのだ。

先ほど、生徒会室を離れる際は絶対になかった。

二人は小箱に近づき、吸い込まれるようにそれを開ける。

『親愛なるあなたへ』

短いメッセージと共に、真っ赤に光り輝く宝石のはめこまれた指輪があった。

「うーん……」

「い、石上！」

指輪を見たとたん、石上はくるんと白目をむいた。

白銀がとっさに支えなければ、きっと床に倒れ込んでいたに違いない。

「……骸骨、階段、絵画、ピアノ、首吊りの木、指輪……そして、六つの怪談に遭遇した者は――」

「石上、しっかりしろ、石上！」

うわごとのように呟く石上の名を白銀は呼び続けた。

石上の顔はまるで石膏のように青白く、彼が目を閉じてしまったらそのまま二度と目を開けないのではないだろうかと思われた。

白銀は、はっと気がついて指輪を手に取った。

「石上、指輪に願うんだ！　これは【願いの叶う指輪】なんだろ？　七不思議の呪いに打ち勝つように願うんだ！　そうすれば助かるぞ！　もし、それが叶わなかった場合はこれは【願いの叶う指輪】ではなくなることになる。七不思議は成立しないんだよ、論理矛盾だ！　おまえは助かる！　だから指輪に願え、石上！」

「……駄目ですよ、会長。今、思い出したんですが、指輪への願いごとは恋愛関係限定らしいです。だから論理矛盾は起きないんです。ああ、せめて死ぬ前に誰かに真正面から告白されたかったたな。紙飛行機でのラブレターみたいな奇をてらった趣向はなしに、ド直球な告白を僕だって受けたかった……」

石上の頬に水滴が落ちた。それが何かわからず、彼は不思議そうな顔をする。

白銀はいつのまにかほろほろと涙を流していた。

それとは対照的に、石上は不思議と満ち足りた表情をしている。

「会長、泣かないでください。あの暗い部屋に閉じこもっていた僕を、ここまで会長が引っ張り出してくれたんです。会長がいなければ、僕は死ぬまであの部屋から出てこられなかったかもしれない……」

「そんなことはない。俺はただ鍵のない扉を開けただけだ、歩き出したのはおまえ一人の力だろう!!」

「ふふ……それでも会長。僕は嬉しかったんですよ」

普段は長い前髪に隠れた石上の両目が、まぶしいものを見るように見開かれる。

「僕なんかと　友達になってくれて　ありが……」

「石上？　おい、石上――石上ぃぃぃぃぃぃっ！」

白銀の絶叫は、いつまでも続いた。

♀♀♀

「なんかすごい盛り上がってますね？」

と藤原。

「石上くんが倒れてしまったようですが、介抱しに行かなくていいのでしょうか？」

とかぐや。

「大丈夫ですよ。どうせゲームのやりすぎで寝不足なだけでしょう。ほら、もういびきかいてますよ。会長はなぜか気づいていませんが」

と伊井野。

――生徒会室の扉を少しだけ開いて、女子三人はひそひそとささやきあっていた。

白銀が倒れた石上を抱きしめているのを見て、かぐやたちは急にすべてがどうでもよくなっていた。

自分たちの考えたロマンティックなシチュエーションには背を向け、男同士で遊んで勝手に盛り上がっている。

そんな様子を見せられて、気分がいいはずはなかった。

かぐやは音を立てぬように扉を閉めてから言う。

「帰りましょうか」

「そうですね。今あそこに行くと、なぜか石上くんのことを大好きな女の子ってことになっちゃいそうですし」

「男女交際は風紀の乱れということを、再度確認できました」

口々に呟いて、かぐやたちは生徒会室に背中を向けた。

中にいる二人に気づかれないようにドアを閉めると、白銀の悲痛な叫びも聞こえなくなった。

最近の少女漫画の話などをしながら、かぐやたちは帰途につくのだった。

本日の勝敗、かぐや・藤原・伊井野敗北（敗因・男同士がなんかロマンティックだったため）。

第4話☆

秀知院は探したい

石上(いしがみ)が七不思議を六つ目まで体験してしまった翌日のことである。

白銀(しろがね)が部活連の打ち合わせから生徒会室に戻ると、夕日を背に浴びたかぐやが一人立ちつくし、ルビーを眺めていた。

白銀が入ってきたことにも気づかない様子で、何がそんなに四宮(しのみや)の心を引きつけるのかと、白銀もかぐやの肩越しにルビーを覗き込む。

規則的にカットされたルビーは怪しく輝き、なにやら妙な気分になる。これが宝石の力というやつなのだろうか。だが、これにそれほどまで心惹かれる気持ちは理解できなかった。

「何がそんなに気になっているんだ」

いつまでも反応のないかぐやに痺れを切らし、白銀はかぐやに声をかける。

ぴくりと、かぐやの肩が動く。

そしてゆっくりと振り向きながら白銀の目を見やる。

夕暮れに照らされたかぐやは、ルビーのように妖しく、露光過多の写真のように摑みどころがなかった。

「願いが叶う指輪……だそうですよ」

「そんなわけがないだろう。それはただの指輪だ」

「ふふ、そうですね。私も信じていませんよ、そんな噂は」

七不思議の六つ目――【願いの叶う指輪】。

これに関しては、どういう逸話があるのか知っている人はいなかった。

逸話不明の、名前と効果だけが存在する怪談。

だが、願いを叶えるなどという類いの話がハッピーエンドで終わることなど、そうはない。

うまい話の裏には必ず何かがある。悪魔の甘い言葉に乗ったが最後、美を願えば顔が爛(ただ)れ、富を願えば無一文に、願いの分だけ犠牲を払う。そういう落ちがつく。

最悪、命を失うことすら。

だが、これはただの指輪。かぐやにストーカーまがいのことを続ける男から送られた、ただの指輪だ。

白銀は改めて指輪を見る。大きな指輪だ、五カラットは優にあるだろうか。だとしたら何十万、下手したら百万はするだろう。

相手は金持ちか……自分の生活レベルとつい比べてしまい、白銀は嫌な汗が出た。

「しかし、高そうな宝石だ」

「本物ではありませんよ」

かぐやは呟く。

「アルミとクロムを溶かして固めただけの偽物」

「模造宝石ということか？」

「ええ」

「なんだ、偽物を送りつけるとは、ミスターXもケチな野郎じゃないか。ははは」

白銀は少しホッとした面持ちで笑う。

「ですが、天然の宝石より、人の手によって作られた宝石のほうが澄んで傷もなく、美しくできあがるものなのです」

人造宝石の歴史は、一九〇〇年代にオーギュスト・ヴィクトル・ルイ・ベルヌーイというフランスの科学者によって開かれた。以後、ベルヌーイの生み出した火炎溶融法を始めとし、熱水合成法、高温高圧法など、様々なアプローチで宝石の合成が続けられてきた。

「人の執着が生み出した、美しさ。おそろしいものです」

「なんにせよ、そのルビーは持ち主に返したらどうだ？　今の四宮はなんというか」

ルビーを見つめる四宮の瞳には妖しく危険な雰囲気を感じた。どこぞの馬の骨から送られた宝石を眺めるかぐやの様子は、白銀にとってあまり気分のいいものではない。それを差し引いてもこの状態で放っておくのはよくないと白銀は考えていた。

「……そうですね、そうすることにします。相手の居場所もわかっています。今日中にでも返しておきます」

「俺もついていこう」

相手はあんな危険な手紙を送りつけるくらいだ、一対一で会うのは危険ではないだろうかと白銀の心配は尽きない。

「私は今、石上くんとつき合ってることになっているんですよ。会長がいたら話がこじれてしまい、宝石を返すどころじゃなくなります」

「それもそうか……」

「何かありましたらすぐに連絡します。どのみち学内なんですから心配するほどのことではありませんよ」

かぐやが宝石を返しにいく、それは相手の告白を断るということだ。

それにむざむざついていくなど、まるで彼氏面。相手にしてみれば見世物にされているようで気分のいいものではないだろう。

かぐやはルビーを宝石箱に仕舞い、微笑みながら言う。

「それじゃあ、行ってきますね。すぐに帰りますから」

——だが、その日、かぐやが生徒会室に戻ってくることはなかった。

白銀はその後一時間ほど待ったが、バイトの時間が迫っていた。

一通り学校の中を探してみたものの、かぐやの姿はなかった。かぐやは相手の居場所もわかっていると言っていたが、それがどこなのか尋ねておけばよかったと後悔した。すぐに帰るという言葉は、そのまま家に帰るという意味で、生徒会室に帰るという意味ではなかったということだろうか。

結局、かぐやにメールをするべきか悩みながら白銀はバイト先へと向かった。

♂♂♂

翌日生徒会室へ向かう廊下で、白銀はばったりと石上に出くわした。

「おう石上、どうだ。あれから変わりはないか？」

「まあ今のところは無事です……昨夜はろくに寝られませんでしたよ。もしかしたら寝ている間に夢遊病のように屋上から飛んでしまうんじゃないかと思ったら気が気じゃないです」

「そりゃな……」

「それに……七不思議の件に巻き込まれて以来、変な夢を見るんですよ」

白銀は聞き返した。

「変な夢？」

「……こういうの、人に話すのはどうかと思うんですけど」

石上は声を落とし、

「四宮先輩が、死ぬ夢です」

と言った。

「本人には言わないでくださいね、変な心配かけるのも嫌なので。……それじゃあ、そろそろ僕は応援団の練習に行きます」

「ああ、頑張れよ」

そんなやりとりはあったものの、石上の様子に大きな変化はなかった。

白銀の想像では、七不思議の六つ目に出会った時点で何者かに取り憑かれ、屋上まで駆け上がってそのまま飛び降りる……なんて場面が脳裏に浮かんでいたが杞憂だった。

むしろ言動に変化が出ていたのは、かぐやのほうだった。

あの指輪が届いてから、かぐやは何度も指輪のケースを開き、その真っ赤なルビーを眺めていたのだ。

返しにいくと言っていたのだが、それ以来、白銀はかぐやに会っていなかった。

白銀は、とりとめのない、もやもやとした胸騒ぎを感じていた。

「あ、会長、どうでした？」

白銀が生徒会室に行くと、興味津々という顔の藤原（ふじわら）が出迎えてくれた。

「指輪、無事に返せましたか？」

「うむ、そのことなんだが」

とん、と通学用の鞄を机に置く。

そこは、指輪の入った小箱が置かれていた場所である。

白銀は鞄を机に置いたきり黙り込んでしまう。

いつまで経っても白銀が口を開く気配がないため、藤原は尋ねた。

「えっと……会長、指輪は受け取ってもらえたのですか？」

「四宮は今どこにいる？」

「えっ、かぐやさんですか？　さっき廊下で見かけましたが、今はどこにいるか」

「そうか」

昨日、生徒会に戻ってこなかったかぐやを心配し、一応メールを送っておいたが返事はなかった。

昼休みにもかぐやのクラスを覗いてみたが、朝から調子が悪くて保健室で休んでいるとのことだった。

一応学校には来てるのかと胸をなでおろし保健室に向かったが、そこにかぐやの姿はなかった。

入れ違いになったのか、昼食にでも出たのだろうか。

とにかく、かぐやの姿を見ることは叶わなかった。

「あの、会長。だから結果は？」

いい加減、業を煮やした藤原が強めに言う。

白銀はそれでもまだしばらく黙っていたが、やがてふうっと息をつき、

「四宮が返しに行った」

藤原はそれを聞いて、ぱあっと表情を輝かせた。

「なーんだ。焦らさないでくださいよ。なんですぐにでも返しに行かないのか疑問だったんですよ。もしかしたらかぐやさん、心動いちゃったのかと心配しました！」

「そうなのかもしれない」

白銀の言葉に、藤原は「え？」と聞き返した。

「四宮の様子がおかしかったのは、なんとなく皆思っていたところだろう。何度もルビーを眺める四宮。どことなく虚ろな返事。まるで……」

「まるで恋する少女のよう？」

「んー……まあ、最悪それならいい」

白銀は藤原のほうを向かず、石上のいる校庭を見つめている。

「オカルトなんて信じたくはないんだがな」

石上の言う、四宮が死ぬ夢、七不思議の七つ目。ミスターＸ。

数々の嫌な話が、どこかで一本の線でつながっている。そんな予感がしていた。

「詳しい話は四宮が来てからにしよう。あいつはまだ来ないのか？」


——ぴんぽんぱんぽーん。

と、どこか間抜けなチャイム音が響き渡った。

そして、

『栄えある秀知院学園のみなさん』

そんな呼びかけで、その校内放送は始まったのだった。

♀♀♀

『栄えある秀知院学園のみなさん。少しだけ、みなさんのお時間を頂戴します。興味のない人は聞き流していただいて結構です』

校内放送が流れた時間、多くの生徒は部活動の最中だった。

部活に所属していない生徒たちも、体育祭の練習に駆り出されたりしており普段よりも多く学園内に残っていた。

『この学園のどこかに、指輪を隠しました。それを探してください』

一呼吸の間。

『見つけた人は、願いを叶えることができます。残念ながら、なんでも、というわけにはいきません。私の力が及ぶ限りのことです。ですが、ええ、私にできることでしたら、なんでも。四宮の名前にかけて誓いましょう』

『――だから、指輪を探してください』

そう言い残して、放送は終わった。

♂♂♂

「なんだ……今の放送は？　今の本当に四宮の声だったか？」

スピーカーを見上げながら白銀は呟いた。

「どうですかね。音響の調子が悪いのか、音がかなり割れてましたね。確かにかぐやさんみたいな声でしたけど。それより会長、指輪って……」

「あ、ああ」

今、指輪といえば昨日から生徒会を騒がせている例の指輪以外に思い当たらない。

「結局、差出人に返せたんでしょうか？」

「四宮は返すと言っていた。だがその後連絡が取れていないから……」

やはり甘かった。かぐやがなんと言おうとついていくべきだったのだ。あの時、明らかにかぐやの様子はおかしかったというのに……白銀は自分の詰めの甘さを後悔した。

「【願いの叶う指輪】……ってことなんですかね、やっぱり」

「……とにかく、放送室に向かうぞ！」

そう言って、白銀は生徒会室を飛び出した。

♂♂♂

校内放送はその名の通り、校内にいるすべての生徒に届いていた。

教室に残って友人とのお喋りに興じていた生徒たちは揃って顔を見合わせる。

「え、これってどういうこと」

「今の声って副会長？　指輪を見つけて副会長に渡すと願いを叶えてくれるってマジ？」

勉強ばかりの秀知院。そこに降って湧いた奇妙な話題。

誰もがその意味不明な放送に最初は半信半疑だった。

しかし、校内放送の内容についてはＳＮＳ、学校の裏サイトで瞬く間に拡散されることになった。

『指輪を渡したら副会長、結婚してくれるのかな?』

『無理に決まってるだろ』

『なあ、選挙前、白銀会長が副会長を呼び出したことあったじゃん。あれ、結局なんだったの?』

『指輪を渡しそびれたらしい』

『七不思議のひとつが【願いの叶う指輪】なの、なにか関係ある?』

『副会長と結婚したい』

『四宮家と結婚なんて無理すぎ。つき合うのだって許されるかどうか』

『指輪を渡せばその条件をクリアできるんだよ、だから』

『なんでも指輪は竜の首の珠が飾られているらしく、それを持っていくのがかぐや様とつき合う条件らしい』

無責任に噂は転がり続ける。

指輪を渡すだけで誰とでも結婚してくれる女性などどこにもいない。

そんなことは誰でもわかっている。

だが、四宮かぐやらしき人物が校内放送で「指輪を見つけ出した者は願いが叶う」と断言したのは紛れもない事実であった。

そして、誰かがこんな書き込みをした。

『え、じゃあその指輪を手に入れられればかぐや様とつき合えるってこと？』

それは、絶妙な話の落としどころだった。

――ヴルームの期待理論。

モチベーション＝期待×誘意性――これは心理学者ヴルームが提唱した人間のモチベーションを算出するための計算式である。

指輪を手に入れてかぐやに渡せばつき合うことができる。

全くありえないと言いきれるほど期待値が低いわけでもなく、四宮かぐやとつき合うことができるという誘意性（ほうしゅう）も十分にある。

加えて、体育祭の直前という時期も秀知院の生徒たちの心に火をつける一因となった。

体育祭に向けて、生徒たちは足の速さを競い合い、集団行動の訓練をしていた。競争心は若い彼らの体内に蓄積され、爆発する瞬間を今か今かと待ちわびていた。

これはただの失せ物探しではない。

指輪を誰が先に見つけるかというレースなのだ。

その思いに背中を押され、生徒たちの好奇心と桃色の期待はいやがおうにも高まるのだった。彼らはスタートラインに立ち、号令を待つ状態だった。

そして、当事者の行動によって、事態は決定的な局面を迎えることになる。

『おい、生徒会がめちゃくちゃ慌ててたぞ！　これはマジなんじゃねえか？』

『うそだろ？　白銀会長もか？』

『私もその場にいた！　かぐや様、女性でもオーケーでしょうか！』

それらの書き込みがピストルの号砲となり、生徒たちは一斉に走り出した。

♀♀♀

生徒会に出入りしている回数が多いためか、今回のような質問を投げかけられるのは柏木には慣れっこだった。

「ねえ、指輪を見つければかぐや様とつき合えるって本当？」

「うそうそ。そんなはずないよ」

柏木がにこやかに断言すると、質問した友人は不満そうな顔をする。

そんな友人に対して、柏木は幼児に言い聞かせるようにして、

「きっと何か理由があるんだよ。たとえば生徒会のイベントとか……ほら、社会実験みたいなやつじゃないかな？　非現実的な校内放送をしたら、どれだけの生徒がそれにつられるのか確かめるとか？」

「そっか――考えてみればそうだよね。当たり前か……あはは！」

朗らかに笑ってから、その友人は「ところでさ、応援団の子安さんって団長とつき合ってると思う？」と次の話題へと移った。

柏木も、それでこの話は終わりだと考えていた。

しかしそれ以降も、柏木は他の生徒に次から次へと同じ質問を投げかけられた。

（ど、どういうこと――？）

柏木からすれば、指輪を見つければかぐやとつき合えるなんて、そんな馬鹿げた話は絶対にありえない。

だが彼女がどれだけ否定しても、噂を信じた生徒たちは後を絶たない。

まるで秀知院全体が噂という津波にのみ込まれてしまい、予想もつかない場所へと押し流されているような、そんな不安を柏木は覚えた。

♀♀♀

校庭の片隅で練習していた赤組応援団にも、その噂は届いていた。

「おい、パネェＬＩＮＥきたわ！　校内のどっかにある指輪見つけると、かぐや様とつき合えるとかマジ卍！」

「これもうクラブオフっしょ団長！」

わいわいと騒ぎ立てる男子団員。

子安つばめは笑いながら彼の背中を張り飛ばした。

「おーい、男子。副会長が好きなのはわかるけど、ウチらは赤組応援団だかんね。副会長は白組だよー。白組のお姫様とつき合うより、今は大事なことあるっしょ？」

「ウェーイ！」

つばめが手を叩くと、それまで騒いでいた男子たちは素直に練習に戻る。つばめに背中を叩かれた男子生徒は周囲からからかわれていたが、それすらもおいしいと笑いに変えてウケを取ってみせるお調子者だ。

応援団員とて思春期の高校生である。あの四宮かぐやとつき合うことができるという噂がリアルタイムで展開しているならば、半信半疑でもその流れに加わりたいのが本心のはずだった。

それでも、彼らはつばめの言葉一つで練習に戻ってくれるのである。

再び陣形を組んで練習を再開しようとする団員を見て、つばめは彼らの仲間であることを誇りに思うのだった。

「あの……団長、すみません。僕、ちょっと生徒会のほうで急な仕事が入ったみたいです」

しかし、そんな輪から抜け出して、一人の男子生徒がそんなことを切り出した。

石上優（ゆう）——ある意味、副団長のつばめよりもよっぽど有名な赤組応援団員だった。

「ん？　ああ、それならしょうがないな。いいぞ、行ってこい」

団長がそう言うと、石上はぺこりと頭を下げてから走り出した。

「――ねえ、団長」

「わかってる」

つばめが団長に呼びかけると、彼はにやりと笑った。

それから声を張りあげて、応援団員のすべてに向かって宣言するのだった。

「みんな、やっぱり練習は一時中断だ！　赤組応援団は今から指輪探しに参加する。ただし、この中の誰かが指輪を見つけても副会長とつき合うことは俺が許さん！　だってうらやましいからな！」

団長のギャグに、どっと場が沸き立った。

「よって、赤組応援団の誰かが指輪を見つけたら、生徒会役員である石上に届けるってことで、オッケぇ？」

「ウェーイ！」

他の団員と一緒に腕を振り上げながら、つばめは石上が走り去った方向を見つめていた。

彼にはこの気のいい仲間たちの声が届いているだろうか？

前髪を伸ばすだけ伸ばし、いつもうつむいている彼は、この光景をいつか目にする時がくるだろうか？

いつか自分たちが仲間であると石上に理解してほしい。

そして、次に同じようなことがあれば、ただ練習を抜け出すだけでなく、素直に頼ってきてほしいとつばめは密かに願いながら、指輪探しに参加するのだった。

♂♂♂

白銀たちが放送室にたどり着いた時、既に数名が事情を聞きに詰めかけていた。

白銀は素早く周囲を見回したが、そこに四宮かぐやの姿はない。

たまたまいたマスメディア部の二人に状況を尋ねてみたところ、このような話を聞けた。

「マスメディア部は、放送室のすぐ隣ですの。ですから、すぐに様子を見に行ったのです。しかし既に放送室は、もぬけの殻……廊下を駆けた様子もない。かぐや様は風に乗ってどこかへ行かれたのですわ……！」

「かぐや様は天女なのでそのくらい楽勝なのです」

マスメディア部のバイアスがかかった物言いをどこまで信用していいかはわからなかったが、少なくとも足取りを見失っているという部分に間違いはないのだろう。

放課後の秀知院はざわめいていた。

既に帰路についた者、無関心を貫く者、心躍らせつつも恥じらいを抱く者。これらを除いたとしても相当数の生徒が捜索に乗り出していた。

白銀は唇を噛んだ。あの放送がかぐやによるものだとして、どのような意図があるのだろうか。

これでは四宮は、他の男に告白されたとしても、断ることができないではないか。

一刻も早く指輪を俺が――

（……いや、待てよ？）

白銀の背筋に、いつもの緊張が走る。

（もしや、これは四宮の仕掛けた頭脳戦なんじゃないか？）

全校生徒に向けて指輪探しのゲームを仕掛けたと見せかけて、俺が右往左往している様を楽しもうと。そういうことなのではないだろうか。

だが、それだけでこれほど大がかりな、周囲を巻き込んだ騒動を起こすだろうか？

考える。だがまだ判断するための材料が少なすぎると感じた。

そして、白銀の思考がまとまらない理由は他にもあった。

「会長、指輪を見つけてかぐや様に渡せば、なんでも言うことをきいてくれるって本当ですか⁉」

白銀は移動中、見知らぬ生徒からそんな風に質問された。

「うそに決まってるだろ！　――いや、怒鳴ってすまない。生徒会が探している指輪はただの預かりものだ。それを見つけたとしても、四宮とつき合えるなんてことは絶対にないからな」

遠巻きにこちらを見ながらヒソヒソ話をしている生徒たちにも聞こえるように、白銀は大きく声を張り上げて言う。

「なんだ。そっか。そりゃそうだよな……でも、本当に？」

期待した目でこちらを見てくる男子生徒をぎろりと睨みつけると、彼はそそくさとその場を後にした。

「ふう。なぜこんなことに」

あの校内放送以降、白銀の周囲は常にこんな感じであった。質問されるたびに否定しているが、一向に騒ぎが収まる様子は見えない。

廊下には匍匐(ほふく)前進する男子生徒の姿があり、校庭にはスコップを持って砂場を掘り返す女子生徒がいる。化学部は金属探知機、オカルト研究部はダウジンググッズ、そしてサハ部はムガラータを持ち出して指輪の捜索に当たっていた。

秀知院の敷地内は、すっかり宝探し会場となっているのであった。

「会長！」

呼びかけられて顔を上げると、石上がこちらに向かって走ってくるところだった。

「石上、応援団は大丈夫なのか？」

「団長に許可をもらって抜けてきました」

そう言うと、石上は反対側から合流した伊井野を見る。その視線に気づくと、伊井野は鼻を鳴らしながら顔をそむけた。廊下を走っていたことや、応援団の練習をサボることについては、緊急時につき見逃してやるということなのだろう。

「なんかすごく話が大きくなってますね。これはどう収拾つけるんでしょうか？」

藤原は周囲の様子を見て、顔を青くしている。

「まず、状況を確認しよう。俺たちがすべきことは二つ」

かぐやを除く生徒会メンバーが集合したことで、白銀は情報の共有も兼ねて状況を整理することにした。

「一つ目は『指輪を他の生徒たちより先に確保すること』。これは、四宮が言った願いを叶える権利を悪用されないとも限らないからだ。さっき生徒たちからいろいろ聞かれたが、ろくでもない考えを持つ奴が決して少なくなかった」

うんうんと、伊井野が眉を怒りの形に歪ませてうなずく。

「もう一つが、『四宮の居場所を突き止めること』だ。本人に指輪探しを撤回する放送でもさせれば話が早いが、肝心の居場所がわからない。携帯の電源を切ってるわけじゃないみたいだが、電話をいくらかけても出やしない」

藤原は数分おきに電話をかけているが、そのたびに暗い顔をする。

そもそも、この捜し物ゲームのクリア条件は二つ。

指輪を見つけることと、かぐやに届けること。

本人が姿を隠している以上、かぐやを見つけ出すこともゲームに含まれているのだろう。

(これがゲームだとしたら、四宮の隠れている場所にも、必ず意味がある)

果たしてそれがどういう意味なのか、それは白銀にもまだわからないが。

「このゲームにおける最悪の結末は、噂を信じた者が指輪を見つけ、四宮のところへ行くパターンだ」

白銀は確信している。

このようなお祭り騒ぎに乗っかって、指輪を持っていく男をかぐやが相手にするはずはないということを。

しかし、それでも一抹の不安はあった。

それは伊井野のこんな証言が原因だった。

「四宮副会長があんな放送を行うはずはありません……ですが、あの校内放送の直前、私はちょうど校内の見回りをしていて放送室の近くで四宮副会長に会っているんです」

「そのとき、四宮はどんな感じだったんだ？」

「私が挨拶しようと呼びかけたんですが、見向きもしてくれませんでした。聞こえていないのかなと思って私が近づくと、はじめて四宮副会長がこちらを見ました。その顔はまるで今、夢から覚めたばかりみたいで、なんの表情もなくって——それで、私は、私の呼びかけが聞こえなかったのではなくて、四宮副会長が自分の名前を忘れてたんじゃないかって、そんな風に思ったんです。あんな四宮副会長は見たことがありません。まるで別人みたいでした。そう、まるで——」

まるで、幽霊かなにかに取り憑かれてでもいるみたいでした、と。

そんな風に伊井野は言った。

背中の血管に冷水を注射されたような気分になり、白銀は震えた。

「白銀会長、とにかく指輪を探すのが先決です。事情はわかりませんが、今の四宮副会長には話し合いが望めません。ですが指輪を見つければ、進展がきっとあるはずです」

伊井野の言葉に白銀は引きつった表情で答える。

「……だが。俺たちが必死に探すと悪い噂に信憑性を与える、むやみに拡散する結果になりかねん」

「もう噂なんてとっくに全校生徒に広がっています！　誰かが見つけてしまう前に、指輪を私たちが見つけて四宮副会長を救わなければならないんじゃないですか？」

伊井野の意見はもっともだ。白銀も反論がすぐには思い浮かばなかった。

「かぐやさんを見つけることが先決ではないでしょうか？」

藤原が提案した。

「そうだな、ここは役割を分担しよう。俺と伊井野は指輪を探す。藤原と石上で四宮を探す。それでどうだ」

「……わかりました」

伊井野がうなずくのを見て、白銀は一応安心した。

白銀が必死に指輪を探せば探すほど、校内のどこかでかぐやがそれを見て、こんな風に笑うに違いない。

（まあ、会長ったら廊下を這いずり回ってまで指輪を探して……そんなに私に叶えてほしい願いがあるのかしら？　お可愛いこと）

だからこそ白銀は予防線を張ったのである。

他人がかぐやに告る前に指輪を見つけようとしているのではなく、あくまでも生徒会として、かぐやから事情を聞き出すために探している、と。

となれば妙な意味も出てこない。

こんな時でも保身を忘れない白銀であった。

♂♂♂

白銀と伊井野は校舎内を捜索することにした。

他の生徒が立ち入ることのできない部屋を、生徒会権限で探そうと考えたのだ。つまり普段は鍵がかけられている部屋だ。

だが一部屋一部屋鍵を借りて回っていたらキリがない。

そこで見回り用の全室共有のマスターキーを借りられないかと伊井野が提案した。

それを持っているのは校長だけ。

白銀たちは校長室へと向かった。


「オヤオヤ、なにやら楽しそうなコトをしてますネ」

校長室に行くと、その部屋の主が嬉しそうに白銀たちを出迎えた。

「先ホドの放送は生徒会のイベントデスか？　つまり、四宮副会長があまりにも落とせないカラ、学校中の生徒の力を借りたレイドバトルを挑むというコトデスか？」

「なに言ってるんですか、校長？」

校長のゲーム好きは有名だ。よくスマホ片手に「ゲットしまシタ！」などと喜んでいる姿が目撃されている。

ふざけるなと怒鳴りつけたい衝動に駆られる白銀だったが、確かに校長の言う通りなのかもしれないのだ。これは四宮かぐやが仕掛けてきたゲームなのかもしれない。

「鍵のかかった部屋に指輪が隠されている可能性が高く、マスターキーをお借りできればと……」

白銀の懇願に対して、鼻で笑う校長。

「安心してくだサイ。このゲームに鍵は必要ありまセン」

「え？」

白銀の困惑する顔を眺めながら、校長はこんなことを言った。

「トテモ懐かしいデス。四十年ほど前わたしモこのゲームをしたコトがありマス」

「ちょっと待ってください。これは四宮の発案したゲームじゃないんですか？」

「エエ」

「じゃあ教えてください。その人はどこにいて、指輪はどこにあったんですか⁉」

「……ワカリマセン。ワタシは、このゲームをクリアするコトができなかっタ。そもそも、ワタシはこのゲームに招待されていなかっタのではナイかと、今では思っていマス」

「…………」

「スベテは繋がってイルのデス」

なんのことかと問いただそうとしたが、校長はぶらぶらとどこかへ行ってしまった。

白銀たちは顔を見合わせた。

♂♂♂

キーボードを叩きながら伊井野が困ったように言った。

「駄目です。やはり議事録がデータ化されたのは最近のことですし、とても四十年前の資料なんて残っていません」

「まあ、普通に考えてそうだよな。となると……」

白銀と伊井野は生徒会室に戻っていた。校長のヒントに従ってのことである。

「会長、議事録はあきらめて指輪探しに戻りましょう。学校に詳しい私たちが力を合わせればきっとすぐに見つかりますよ」

と、伊井野は相変わらずの主張である。

「校長はすべては繋がっていると言った。だとしたら、このゲームのもとになった四十年前のことを知る必要がある」

「でも議事録なんてないじゃないですか。四十年前の議事録が保管してあるとしたら、もっと広い倉庫とか図書館とかですよ。データ化されてないんじゃここには……」

「……待てよ、もしかしたらあの部屋か？」

「え、なに言ってるんですか——って、えええええっ⁉」

白銀が戸棚を横にスライドさせると、隠し部屋への入り口が現れた。

はじめて見る伊井野は驚いて尻餅をついてしまっている。

「伊井野は見たことなかったっけか。伊井野が入る前に石上が見つけたんだよ」

薄暗い階段を登り、隠し部屋にたどり着くと、そこには古ぼけた資料が山のように積まれていた。幸いにも表紙に日づけが書かれているものも多いので、探すのにそう苦労はないはずだ。

案の定、探しはじめて五分もたたず、伊井野が歓声をあげた。

「あ、これじゃないですか？　指輪について書いてあります！」

そう言って伊井野は年季の入ったノートを白銀に見せる。

伊井野は議事録の中ほどを開いて見せ、白銀は言われるままに議事録に目を通す。

そして、二人は四十年前の記録を読みはじめるのだった。

♀♀♀

たとえばそれは、こんなお話――

第二十七期生徒会議事録。

定例活動外特記事項、『彼と彼女について、卒業生の証言』

秀知院学園にいた、一人のとても美しい女子生徒。彼女は■■■■といいます。

名家の子弟が集まる秀知院は才色兼備な女子がとても多いのが特徴ですが、その女子生徒はなかでも群を抜いていました。

学校中の男子生徒が彼女に恋をして、お近づきになろうと普段■■■■がいる屋上へ侵入を試みますが、■■■■はいつも長椅子でバリケードを組んで、男子の侵入を阻んでいました。

それを無理に突破しようとすれば■■■■から死の宣告に近い軽蔑の言葉が飛んでくるのです。誰も彼女に近づくことは叶いません。

そのバリケードが、まるで階段の延長線上にあるように見えることから、決して越えてはならない【十三階段】として学校中の男子を恐れさせました。

近づけないとなれば、彼女に愛を伝えるにはラブレターしかありません。

彼女の下駄箱には毎日のように恋文が届いていたと言われています。

ですが■■■■はそれを普通に断ることはせず、彼らにさまざまな無理難題を与えていました。

「期末考査で全科目満点を取ったら友達になりましょう」

「次の体育祭でどの種目でもいいから日本記録を出したら考えます」

そんな風に袖にされ続け、いつしか男子生徒たちも諦めはじめました。彼女は相変わらず学校中の注目を集め続けましたが、それは恋愛対象というよりも遠くの星を眺めるような憧れの対象へと変わっていったのでした。


けれど、そんななかで一人の男子生徒だけはいつまでも諦めませんでした。


毎日毎日、思いを綴った手紙を送り、彼女から出される無理難題にも必死に挑み続ける男がいました。

彼に与えられた無理難題は「ピアノのコンクールで県一位」を取ることでした。

彼は無論、ピアノなんて弾いたこともありません。才能もなさそうです。ですが彼は諦めることはありませんでした。

この秀知院に、毎日毎日下手くそなピアノが響いていたのはそういうわけだったのです。

学校中の人間が下校しても一人ピアノを奏で続ける彼を称し、【無人のピアノ・ソナタ】と呼び、この学園の名物になっていきました。

やがて、とても美しい女子生徒と決して諦めない男子生徒のやりとりは秀知院の名物となっていきました。

そしていつしか、彼のピアノの音が、■■■■の氷を溶かしたのでしょうか。

ある夏の日、猛暑のなかピアノの練習に励む彼が、暑気あたりで倒れた日のことです。


彼が眠る簡易ベッドに、一人の骸骨が見舞いに来ました。

もちろん、骸骨といっても、髑髏（どくろ）のお面を被った少女でした。

素顔こそ隠れているものの、その流れる長髪で彼女の正体に気づかない者はいませんでした。

プライドの高い■■■■は、特定の誰かの見舞いに行くことなんてできなかったのでしょう。

それは【見舞う骸骨】として、学園の話の種になりました。

そして、■■■■が彼に無理難題を突きつけてから二年の月日が経ちました。

相変わらずピアノの腕はさっぱりでしたが、彼と彼女の間に、特別な気持ちが芽生えているのは誰の目にも明らかでした。


ある日、彼が彼女に贈り物をしました。これまでのように、彼女の出した難題を受けてのことではありません。彼の心からのプレゼントでした。

それは、彼女のことを思って描いた一枚の絵画でした。

男子生徒は実家の工場が経営破綻し、親戚の家へと引っ越さなければならなくなってしまったのです。彼女のことを諦めると彼は宣言し、最後に思い出としてその絵画をもらってほしいと言いました。

■■■■はこれまでたくさんのものを捧げられました。お金持ちの家の男子たちから目もくらむほど高価な贈り物も。しかし彼女は決してそれらを受け取ることはありませんでした。

■■■■は、男子生徒の描いた絵画を前にして、これまでのようにすぐ断ることはせず、ずいぶん長い間悩んでいました。

結局、彼女はその絵を受け取りませんでした。

男子生徒は肩をすくめ、引っ越し先には持っていけないから、美術の先生にでも頼んで処分してもらうと笑いました。

その次の日のことです。学園中を揺るがすあの大騒ぎが起きました。

始まりは、■■■■の校内放送でした。

『栄えある秀知院学園のみなさん。少しだけ、みなさんのお時間を頂戴します。興味のない人は聞き流していただいて結構です。この学園のどこかに、指輪を隠しました。それを探してください。見つけた人は、願いを叶えることができます。残念ながら、なんでも、ということです。ですが、ええ、私にできることでしたら、なんでも。だから指輪を探してください』

それはこれまでの無理難題とは違うように思われました。

彼女の口調の裏にある必死さを誰もが感じていました。

そのため、彼女に熱を上げていた男子生徒だけでなく、多くの女子生徒も加わって指輪の捜索が行われました。

しかしどれだけ探しても指輪は見つかりませんでした。

夕方過ぎから雪がちらついてきました。

先生たちは早く下校するようにと呼びかけ、ほとんどの生徒がそれに従いました。

唯一、諦めなかったのは例の男子生徒です。彼は先生の監視をくぐり抜け、校門が閉まってからも指輪の捜索を続けました。

気象庁の発表によると、その日の深夜から早朝にかけての積雪は十五センチ。

翌朝、冷たくなった彼の体の上にも五センチほどの雪が積もっていたそうです。

死因は転落死。屋上で足を滑らせたのが原因とのことでした。

学校中の誰もが彼の死を悼(いた)み、■■■■は責任を感じていました。

男子生徒の葬儀の翌日、■■■■は中庭の木で首を吊り、命を絶ってしまいました。

だから指輪の行方は、誰も知らないままなのです。

♂♂♂

議事録を読み終えて、しばらく二人とも一言も発しなかった。

「こ」

重く長い沈黙のあと、先に口を開いたのは白銀だった。

「これ絶対に駄目なやつじゃねえか！」

血の気の引いた顔で、自分の頭を抱えながら絶叫する。

「聞き慣れたキーワードがいくつも出てきたぞ！【十三階段】【無人のピアノ・ソナタ】【見舞う骸骨】【願いの叶う指輪】そして【首吊りの木】！ 駄目じゃん！ 男子生徒も女子生徒もお亡くなりになって、最終的にはご本人様が七不思議の元ネタになっちゃってんじゃねえか、これ！」

白銀は後輩に向き直った。

「伊井野……おまえはどう思う！」

「…………」

「あれ、伊井野？」

伊井野はうつむいている。先輩に対してはある程度礼儀の正しい伊井野が白銀の言葉をシカトしていた。

「伊井野、どうした——あ」

白銀が伊井野の肩を揺すると、ぽろりと何かが零(こぼ)れた。

伊井野の耳からイヤホンが片方、外れてしまっていた。

『さあ、目を閉じて。僕と一緒に夢の世界に行こう。そこには怖いものなんて、何もないんだから——』

「お願いだから、今だけでもこっちの世界に帰ってきてくれ伊井野！」

イヤホンから漏れ出てくるイケボをかき消すような大声で白銀が言う。

伊井野は涙目になりながら、ようやく顔を上げた。

「怖い、すごく怖いけど……でも、私は風紀委員。そして、生徒会の一員なんだ……」

自らを奮い立たせるように伊井野は呟き、袖で顔を拭(ぬぐ)った。

ごしごしと何度もこすり、それから赤くなった目で白銀を睨みつける。

「白銀会長、やはり一刻も早く指輪を探しに行くべきです！　何が起きているかはわかりませんが、指輪が見つからない限り、四宮副会長にも危険があるかもしれません！」

そんな伊井野の叫びに白銀はしばらく考え込んだ。

恐怖に思考を曇らせていては駄目だ。

冷静さを欠いた者はゲームに勝てないのが鉄則である。

そこまで考えた時、白銀はふとあることに思い至った。

（……ゲーム？　いや、これは――）

白銀は顔をあげた。

「いや、俺はもっと情報収集をするべきだと思う」

「白銀会長！」

裏切られたような顔をして伊井野が叫ぶ。

しかし、白銀はそれでも首を縦に振らなかった。

思った反応が得られず、伊井野はいらだたしげに吐き捨てた。

「……っ、もういいです！　そうやって動く気がないなら、私は一人でも指輪を見つけてみせますから！」

「四十年前と今の状況は酷似している。校内放送を契機に捜索される指輪、お祭り騒ぎになる学校、そして……本当にこれが怪談話なのかどうかはわからん。だが、ひとつだけ言えることがある。このまま校舎内を探し回っても、絶対に指輪は見つからない。それこそ雪が降る時期になっても無理だな。なぜなら、その指輪を隠した女子生徒は常に実現不可能な問題を出し続けた女だからだ」

「……じゃあ、どうすればいいんですか？」

興味を惹かれたのか、伊井野の口調が少しだけ柔らかくなる。

白銀は、「ふむ」と口元に手を当てながらしばしの間、考え込んだ。

「議事録が正しければ、指輪探しはいつもの無理難題とは趣が異なるということだった。つまり、これまで女子生徒の出していた実現不可能なものと違って、解答が用意されていることになる。にもかかわらず、四十年前は誰も指輪を見つけることができなかった」

白銀は鋭い視線で伊井野を射貫く。

まるで自分が責められているように感じて伊井野はぎくりと身をすくませた。

「な、なんでしょうか?」

「つまりな、これは単純な宝探しゲームじゃない。おそらく、重要なのは女子生徒の真意を摑むことだ。目先のニンジンに手を伸ばさず、これでもかというくらいに言葉の裏を読むことが求められているはずなんだ――きっと、これは頭脳戦なんだ」

白銀はそう言って歩きはじめる。

確信を持った足取りで、彼は隠し部屋に背を向ける。

「四宮の居場所についてはあたりがついた。あとは指輪を探すぞ」

♀♀♀

「それで、これはかぐや様の作戦ですか?」

愛用のガラケーから、心底あきれ果てたような侍従の声が聞こえてくる。

「なんのことかしら」

「あんな放送をして、会長が右往左往しつつ指輪を探すさまを楽しむつもりですか。だとしたら趣味が悪い遊びと言わざるをえません」

「そんなつもりじゃありませんよ、そんなチンケな遊びに興味はありません」

「……かぐや様、一体何を考えているんです？　普段なら私を巻き込んでことを運ぶはずなのに、どうして今回は私にも秘密なんですか？」

不信感が早坂の声色から伝わる。

「………」

かぐやは黙り込む。

「かぐや様がそういうつもりなら、私なりの考えを述べさせていただきます」

主の沈黙に対し、早坂は意を決したように言う。

「かぐや様に熱烈なラブレターを送り、今回指輪を送りつけた人――ミスターXなんて存在しません」

それは早坂にしてみれば自明の理であった。なぜならば、

「数か月前にかぐや様にラブレターを送りつけた方は、こちらで適切な処置を取っています。彼がかぐや様に再び何かを送りつけるなんてことはありえないんです。筆跡まで見事

に似せてありますが、この程度、私のご主人様は落書きでもするようにこなしてしまうはずです。生徒会室に送られた指輪に至っては私の私物じゃないですか。勝手に持っていくのはやめてください」

「それは謝ります。ごめんなさい」

ふう、と早坂は電話越しにも聞こえる大きなため息をついた。

「以上の件からして、すべてはかぐや様の自作自演。会計君が七不思議に見舞われた件も、どうせかぐや様が何かなさったのでしょう。会計君の出会った怪異の多くはかぐや様の近くで起きていますからね。そして、かぐや様はそれらを行うことで白銀会長に対して、七不思議の信憑性を高めようとした……そうすれば今回の騒動も、策略ではなく幽霊に取り憑かれたと言い逃れできますから。違いますか？」

「早坂は面白いことを考えるのね、作家になれるんじゃないですか？ ……そうね、半分正解ってところかしら」

早坂は無言で返す。

かぐやは言う。

「私は、今回幽霊を信じる立場なの。ミスターXは存在するし、私は幽霊に取り憑かれています。石上くんの七不思議の件だって私がかかわったのは、ほんのいくつかだけ。他のは全くの偶然。彼に関して言えば本当に呪われてるんじゃないかしら？」

ため息がノイズとしてかぐやの耳に届く。

「馬鹿馬鹿しいですね」

「とにかく早坂は今回何もしなくていいの。もう一度だけ言うわ」

「私は少女Aに取り憑かれているの」

♂♂♂

白銀たちは生徒会室で再び石上と藤原と合流し、意見を交わした。

「これマジですか……」

石上は『卒業生の証言』を読んで、乾いた笑顔を浮かべている。

無理もない、自分自身が経験してきた七不思議、それらがまるで四十年前に死んだ男の追体験のようなものだと知ればなおさらである。

一方、かぐや探しの成果を尋ねると藤原が沈痛な表情をした。

「あっちこっち探したんですけど手がかりゼロです……」

そして、生徒たちが総出で探している指輪も、まだ見つかっていないようだ。

「もしかぐやさんがこの時の指輪を探せって言ってるとしたら、四十年間見つけられなかった指輪ってことでもありますよね。そんなの無理じゃないですか……？」

ふむ、と白銀は万年筆をくるくる回しながら考えにふける。

実のところ、すでに白銀にはかぐやの居場所の見当がついている。だが、今そこに行っても意味がない。

もし指輪を持たずに白銀がかぐやに会いに行っても、追い返されるか、失望されるだけだろう。

今回の指輪探しは、かぐやが仕掛けた頭脳戦と見るべきだ。

ミステリーで言うところの見立て殺人ならぬ、見立てゲーム。見立てるのは四十年前の事件である。

だとしたら指輪も四十年前と同じ場所にあるべきです、と言い出したのは藤原だった。

流石にラブ探偵を自称するだけあり、ミステリには一家言あるのだろう。もし藤原の言葉が正しいのだとすれば、かぐやは四十年前に隠された指輪のありかを特定したということだ。

（うむ、ならば四宮に見つけられて俺に見つけられないはずがない！）

白銀は気合を入れる。

と、気合が余って万年筆が落ちる。それを石上が拾い上げた。

「すまんな、これ石上からもらったやつなのに」

白銀の誕生日、石上は万年筆を白銀に贈った。高級品というわけではないが、なかなかに質がよく、白銀は愛用していた。

「ああ、そういえばそうですね。でも別に気にする必要ないですよ。これもう会長のなんですから」

そうはいってもな……と、ペンに傷や凹(へこ)みがないか一応確認する白銀。

「人って、自分が贈ったものに対してそんな愛着持ってないですから。会長が壊したとしても、じゃあまた来年も贈るかな～くらいの気持ちですって」

「そう言ってもらえると助かるが……」

「ええ、本当にお気になさらず」

そう言って石上が首筋をかくと、パラパラと砂がフローリングに落ちる。

「しかし、おまえ、本当に応援団の練習からそのまま駆けつけてきたんだな」

「え？」

白銀が何のことを言っているのかわからないというように、石上は困ったような顔をする。白銀は苦笑しながら彼に手を伸ばした。

「ケツにも砂ついてんぞ、石上。払ってやるから、ほら――」

「あ、すみません」

石上の尻に手を伸ばす。パラパラと落ちる砂に白い物が混じっている。石灰だった。ラインを引くための白い粉が石上の短パンに付着し、複雑な模様のようになっている――

「あ、わかった」

白銀はひらめいた。

白銀のあまりに唐突な発言に、藤原が首を傾げた。

「何がわかったんです？」

「指輪の隠し場所」

その言葉に、その場にいる全員が驚きの声をあげた。

「いや僕のケツ触った瞬間ひらめかないでくださいよ。タイミング最悪ですって」

「偶然じゃない。石上のケツに触ったからわかったんだ。ナイスなケツだ」

それを聞いて、藤原が目を輝かせた。

「えっ！　ちょっと私も石上くんのケツ触っていいですか？」

「駄目ですよ！　あ、いや駄目じゃないか？」

「キモっ」

そんなやりとりをしていると、生徒会室に突然ベルが響き渡った。

「あ」

最終下校時刻を告げるベルだった。

このベルと同時に、さっきまで校庭に響いていた喧噪がふと途絶えた。

次の瞬間、きっと指輪探しに参加していた生徒なのだろう、誰かが「幸せでしたーっ」と雄叫びをあげた。それに続くように「ありがっしたーっ」「また明日ーっ」とヤケクソのような声が響く。

その後には、再び夕暮れ時の静寂が戻ってくる。

皆、タイムリミットを悟ったのだろう。

「うむ、ここからは俺一人でやる。藤原たちは帰ったほうがいい」

白銀がそう言うと、藤原が不満をあらわにした。

「えーっ、ここまできてですかー!!」

下校時刻に教師は小うるさい。ましてや今日のような騒動のために残るなど、絶対に許さないだろう。

それとここには教師より小うるさいのがいる。

「だめですよ藤原先輩。時間切れです。ここまで私たちが答えを見つけ出せなかったのが悪いんです」

伊井野の言葉を聞いて、白銀は眉をひそめた。

「……ということは、答えを出せた俺は残ってもかまわないということか？」

「いいとは言いませんけど……」

と、あくまで伊井野は煮えきらない様子である。

すると、石上が口を開いた。

「四宮先輩を放って帰るわけにもいかなくね？　全員残るのはアレだけど、会長一人だけなら……」

「石上に言われなくてもわかってる‼」

白銀はにやりと笑い、旧校舎の方角へ歩きはじめた。

「手早くすませてくださいね！」

背中に受けた藤原の声援に、白銀は小さく手を上げて答えた。

♂♂♂

生徒会室のある旧校舎は、そろそろ取り壊しが検討されている。

本来ならば、とうに壊されているほどの年代物の校舎が今もこうして使用できるのは、鳳凰(ほうおう)会と呼ばれるＯＢ会の影響である。

歴代の秀知院生徒会長によって構成されるこの会の影響は、秀知院においては計り知れない。

まず、この旧校舎が建っている土地の所有者が他でもない鳳凰会である。

その上に校舎が建っているというのは、権利的に複雑な経緯を物語っており、秀知院という学園が一枚岩ではないことの証左である。

この校舎を使用している生徒としては、クーラーすらないのは不便なのでとっとと取り壊して新しい設備に変えてほしいと考えるのは仕方のないことだ。

ここ、旧校舎の美術室には、おそらく四十年前と同じ空気が流れているだろう。かつてこの場所で絵を描いていた男の心情を考える。

少女A、名前を塗りつぶされた彼女に恋するあまり、ピアノの練習に明け暮れていた彼。だけど、それは本人のやりたいことではなかったのかもしれない。

彼の本当の才能は、もっと違うところ。たとえば絵にあったのかもしれない。だからこそ、彼女に贈った最後のプレゼントは絵にした。真偽はわからない。だが、真実の一部である気がした。

白銀は、棚から一枚の絵を抜き出す。

石上がかぐやの絵と言ったそれは、紛れもなく四十年前に亡くなった少女Aの絵だと断言できる。

この絵が名画かどうかはわからない。

絵というものの善し悪しを計ることは難しい。

才能、技術、価値観、時代性。

さまざまな要素を読みとる目が養われなければ、絵に対して客観的な評価を下すことはできないからだ。

だが、絵を見るうえで、素人でもわかることがある。

描き込みの量だ。描き込みの量は執着とイコールだ。モチーフに対して、名誉に対して、自身に対して、絵というものに対しての執着。それらがタッチの量に出る。

この絵で言うならば、モチーフに対しての愛だろう。

この絵には、愛や恋などという言葉で表しきれないほどの執着を感じた。

細かすぎるほどの筆遣いの上に、まだ描ききれていないとばかりに更に重ねられたタッチの山。

この絵には悲しみがあった。怒りがあった。

海より深い独占欲、妬(ねた)みや嫉(そね)み、憎しみすら感じる。


人の抱く愛とは、これほどまでに多彩か。

愛が純然であったらどれだけいいか。純粋であったらどれだけいいか。

現実の愛は決して美しくなく、正しくもない。

自分の醜さと切り離すことができず、弱さや嘘を交え、できるだけ美しく見えるよう飾ったものを、愛と呼ぶ。

だが、白銀はそれでいいと考えていた。

人殺しだって、命の尊さを説いていい。盗人だって、平和な世界を望んでいい。
愛も正義も、清廉潔白な者だけが抱くべき感情ではない。心が歪んでしまった者たちも
抱いてかまわないものだ。そういった平等なものであるべきだと信じたい。
この絵には、そういった愛することの矛盾が、溢れんばかりに描かれている。
この絵は美しい。白銀はそう感じた。

「ソノ絵を描いた男子生徒は、私の先輩デシタ。留学してイテ、知り合いガいなかった私をトテモ可愛がってくれマシタ」


校長は、白銀の後ろに立っていた。

愛おしそうに、絵を見つめながら語る。

「トテモ、優しい人ダッタのです。そんな先輩でアレバ彼女の心を溶かすことができるだろうと思っていマシタ」

少し嫉妬もしマシタがね、とつけ足す。

「指輪は、やはりココニあったのデスカ?」

何気ない口調で、校長が尋ねる。

それは質問ではなく、事実確認だった。

「やっぱり、わかっていたんですね」

校長は、あごひげを撫でながら、遠くを見るような目で白銀を見ていた。

そして指輪に視線をうつす。

悲しいことですね、と校長は呟く。

白銀もうなずいて言った。

「これは、出題エラーですよ。この指輪は彼女を愛する人にしか見つけ出すことができない。愛している者には取り出すことができない。矛盾しています」

絵の中の少女Aは窓越しの月明かりに照らされ、少し泣いているように見えた。

「彼女は求愛を受けた時、男たちに無理難題を突きつけてイマシタ。当時は、ソレは単純に私タチを追い払うタメの方便だと思っていマシタが、三十年以上も教師をやってイレバ、少しは彼女の心の中が理解デキルようになりマシタ」

神聖さのベールを剝がさねば、恋の魔法を解かねば、永遠にたどり着けない真実の姿。


「彼女ハ、構ってチャンだったのデスね」


身も蓋もない言い方に、白銀は少し笑ってしまいそうになる。

「彼女は、自分は愛されてイナイと思い続けていたのデス。自分の容姿ダケを見て、男タチは群がってイルのダト、性愛の対象でしかナイのダト。本当の愛は、どこにもナイと。

……恵まれた容姿を持つユエの切実な悩みデス。ソンナ子は、教師をやってイルなかで何十人も見てきマシタ。ダカラ彼女は試さずにいられナイのデス」

愛されていることに、自信が持てない。

交流もない人間から外見だけで好きだと言われても、信じることなどできないのは、白銀にも理解できる。

心を好きだと言ってほしい。そんな感情はいつの時代でも、いかなる人間でも、男だろうと女だろうと同じに決まっている。

彼女は、自分の心に触れてほしかったのだ。

「彼らは、若かっタ。まだ、ゼンゼン若すぎたのデスヨ」

彼女の絵を見つめる校長の顔は見えない。

「私がイマ、彼らの教師をしてイレバ、ゼッタイ、彼らの心を救うことがデキルのに」

校長の顔は見えない。だが震える声音でわかる。

今彼がどんな表情をしているのか。

積み上げてきた三十年以上の月日、校長は一体どのような思いを抱き続けてきたのか。

その片鱗が、垣間見える声音。

「指輪を、見せてクレマスか？」

校長は、自分を落ち着かせるように呟く。

白銀が指輪を手渡すと、校長はこらえきれずに笑う。

「私が何十年も探し続けたモノは、ただのガラス玉でしたか。こんなモノ店で買えば数千円というところでショウ」

そう、少女Aの隠した指輪は、そのへんの露店で売ってそうな安物の指輪だった。

断じて何カラットもするルビーの指輪なんかではなかった。

「愛とは難しいモノデスね。ダレにもソノ価値は計れナイ」

指輪を月明かりに照らしながら、校長は残念そうに呟く。

「センパイが毎朝、愛を伝えるタメに書き続けていた手紙も、彼女にしてミレバ義務的な印象をいだいたかもしれマセン。彼が真面目ダカラ、事務的に恋文を送り続けているダケ、だと。彼女が愛を信じる手助けにはならなかったのデショウ」

「愛を伝えるための手紙？」

「ソウデス。『卒業生の証言』にも書いてアッタと思いマス。センパイは、彼女に毎日、恋文を送り続けたと」

それを聞いて、白銀の脳裏にひらめくものがあった。

繋がる。見えてくる。

――かぐやのしたいことが。

「今では、ラブレターといえば告白するタメのモノデスがね、昔はオオッピラに会うコトが許されナイ男女の、慎ましいコミュニケーションの一つダッタのデス」

かぐやに毎日毎日手紙を送り続けていた男、ミスターX。

そしてかぐやにとてもよく似た、少女A。

少女AとミスターX。

毎日送られる恋文。

かぐやは、少女Aの経験を、できるだけ忠実に再現している。

ようやく理解した。かぐやが仕組んだのは、七不思議の見立てではない。

彼と彼女の、恋物語の見立てであったと。

「昔話にツキ合ってイタだいてアリガトウございマス。指輪をお返ししマショウ」

校長は、ゆっくりと手を差し出す。

だが白銀はそれを拒んだ。

「この指輪を受け取るべきは、俺じゃない」

そう、これが四宮の見立てならば、「俺たちの物語」ではないからだ。

「どういうコトでショウ？」

校長は困惑した顔を浮かべるが、そこに不信感はない。

白銀の思考を丁寧に拾い上げようとする教育者の瞳。

「さっきからですね、語りかけているんですよ。彼の亡霊が」

ああ、と校長は笑う。

「……それは困りマシタね。モシカして取り憑かれてイルのではナイでショウカ」

「どうもそうみたいです。そろそろ自我が保てなくなってきました」

「四宮さんモ、どうやら彼女の霊に取り憑かれてイルようデスし。恐ろしいデスね」

本当に、恐ろしい話だ。

すべてはここに至るまでの仕込みだとするなら、四宮かぐやという奴は実に恐ろしい。

「アリガトウございマス。四宮さんにモ、ソウお伝えください」

そして白銀は、いや、少年は指輪を受け取った。

霊に取り憑かれた男が、階段を降りてゆく。

かつて十六歳だった男がそれを見送る。

校長は、年甲斐もなく、高校生のように呟く。

「とうに閉じたと思ってイタ、彼らの物語の続きがドウカ……」

ハッピーエンドでありますように。

†††

「よく、ここだとわかりましたね」

「当然ですよ、僕は君のことならなんでもわかる」

「僕……？　なるほど、ふふ、そっか」

「この物語の終着地点は、ここしかないんだよ。この『首吊りの木』でしか」

「…………」

「僕はあの雪の日、足を滑らせて屋上から落ちて死んだ。もし君が僕を愛しているのなら、僕と同じ死に方を選ぶ。そうでしょ？　でも君はそうしなかった。なぜなのかずっと考えていた」

「あたしが、君を愛していないからとは考えなかったの？」

「だったら死を選んだりしないよ。君が僕に愛を伝える最後の手段が、ここで首を吊ることだったなら、やはり場所にも意味がある」

「へえ、それはどういう意味があるの？」

「場所、つまりこの首吊りの木が生えているのは、僕が転落した場所だったんだね」

「…………」

「まあ、僕も死んだ時の記憶がないから断言はできないけれど、君が僕と同じ死に方を選ばなかったのは、方法ではなく、場所を優先したから。ちがう？」

「そうね、君の死んだ場所で、君と一緒に、あたしはあの世に旅立ちたかったのだと思う。記憶がないから断言はできないけれど」

「この、今僕らが立っている場所は、僕たちの眠る場所。まあ遺体はきっと、それぞれバラバラのお墓に入っているんだろうけれど」

「だから、あたしがここにいると考えたのね」

「そう」

「ふふっ、それじゃあ指輪は見つけられたの？」

「ああ、見つけた」

「よかった」

「でも、言わせてもらうけれど、君は酷いよ。最低で、身勝手で。あまりにも僕を信頼していない」

「そうね、そう思うわ。でも仕方がないの。あたしは、自分が本当に愛されているのかどうかわからないんだもの。あたしのことを本当に愛している人なんていないと、そう思っているのだもの」

「この指輪は、君の心臓の中に隠されていた」

「………」

「僕が描いた君の肖像。今は美術準備室に眠る絵の中、この指輪は絵の具の中に埋め込まれていた」

「はい。そこに隠しました」

「マチエールを意識した画法。油彩の絵の具に、『砂』を混ぜ込んで高さを出す方法。これならば、このちゃちな指輪の一つを埋め込むのは容易い」

「はい。君があたしの肖像画を描いてると気づいた時、これなら何か埋め込めるのではないかと思いました。軽い悪戯心です。駅前の雑貨屋で買ってきた指輪を、ぐぐっと埋め込んで、その上から指で絵の具を馴染ませるように隠しました。気づくかなーと」

「しょうもない悪戯をするよね。でも君はそういう人だった。人をからかうように無理難題を出して、困ってる様を見て楽しんでいた」

「いつも不安だったの。不安だから、愛を試す」

「そうだね、僕は君の愛に応えたつもりだったよ。なにやら誰かが絵に悪戯をしたようだってのは、描いてる本人にはわかるんだよ」

「そう、描いた本人にしかわからないこと」

「僕は君の悪戯を笑って許し、絵が完成した暁にはこれを君に贈った」

「それが間違いなのよ。まるで指輪を送り返された気分だわ」

「わからないよ、そんな乙女心は」

「わかってほしかったのよ、あたしの心を」

「だから、君はあんなことをした」

「ええ、全校生徒に向けて指輪を探してと言ったわ。でもわかるでしょう？　あれはあなたに向けて言ったのよ。こうすれば、あなたも焦って指輪を取り出すはずと」

「それが間違いなんだよ。どうして僕にそんなことができると思った？　これほどまでに僕は君を愛していると伝えているのに、なんでそんな酷いことを言う！」

「何がおかしいっていうの？」

「だってそうだろう、君が指輪を仕込んだのは、君の姿を描いた絵の」

「…………」

「心臓だったじゃないか」

「あたしの心よ。……それがいけなかったの？」

「当たり前じゃないか、なんでわからない。僕が愛する君の心臓を、たとえ絵とはいえ、どうして貫けると思ったんだ！」

「馬鹿じゃないの⁉　ただの絵よ！　たかがあたしの絵でしょ！　適当に取り出して、その後ちょいちょいと直すくらい、君には余裕でしょ！」

「それができないくらい！　君を愛していると、どうしてわからない‼」

「……わからないわよ。だって誰もあたしを愛してくれないもの。みんなあたしの外見や家の地位が好きなんだもの。嘘で固めた微笑みだけが好きなんだもの。本当のあたしの、醜い心は、だれも愛してなんてくれないんだもの」

「愛していたさ、君の正直いいとは言えない腹黒い性格も、それを不安に思ういじらしさも。心を愛されたいと叫ぶ君は誰よりも愛おしく、美しい」

「……………」

「僕は、君の心を愛している」

「……………」

「僕の練習するピアノを、いつも聞いてくれていた責任感のある君」

「……………」

「階段の上に長椅子でバリケード作っちゃう意外と肉体派な君」

「……………」

「倒れた時に髑髏のお面を被って看病してくれた心配性な君。皆にもバレバレだったぞ」

「……………」

「僕の絵に悪戯をするお茶目な君。悪戯はかまわないけれど、デッサンの時に絵の場所をずらすのはやめてくれ、意外と直すのが手間なんだ」

「……………」

「僕一人のために全校生徒を巻き込んで指輪探しなんてさせる、要領の悪い君」

「……ねえ」

「そして、僕と一緒に、死を選んだ、純情な君。君を僕は愛している」

「…………」

「…………」

「この愛は本物かしら？」

「とりあえず、僕のはね」

「ずるい、あたしのこそ本物なのよ」

「……この指輪なのだけど」

「ああ、願いが叶う指輪」

「何を願う？」

「決まってるじゃない」

「そうだね」

「永遠の愛を願うわ」

♂♂♂

白銀が、かぐやの指に指輪をはめた瞬間。

何かの光が、空へ昇っていったような気がした。

それは沈みゆく夕日が見せた一瞬の錯覚かもしれない。

だが、四十年もの長きにわたってさまよい続けた魂が、ようやく行くべき場所へ向かったのだと白銀は思いたかった。

「……こんな感じでいいと思うか？　四宮」

「ええ、十分だと思いますよ、会長」

二人は目を合わせて笑い合う。少し気恥ずかしさもある。

エチュードは、うまくいったと信じたい。

♂♂♂

「こういうのは恥ずかしいな」

白銀は帰り支度を整えながら言う。

すっかり電気も落とされ、暗闇の中、職員室と生徒会室だけが明かりをともしていた。

会長もノリノリだったじゃないですかと、かぐやは返す。

『卒業生の証言』に関する議事録を元の場所に戻すため、二人は隠し部屋へと登る。

そこには一枚の紙が落ちている。

少女Aの遺書。

『彼が死んだ。私も後を追うだろう。私はただ、この胸の気持ちを彼に見つけ出してほしいだけだったのに。私の魂はこの学園でさまよい続けるだろう』

この短い文章が、彼女の人生を締めくくる言葉となった。

かぐやは、これを読んで今回の騒動を引き起こす算段を立てたという。

少女Aの遺書に書かれている『この胸の気持ち』という部分は、絵画に隠された指輪のことである。それに思い至ったかぐやであったが、指輪の隠し場所を見つけただけでは少女Aの魂を解放するには足りない。

少女Aは、あの少年に指輪を見つけてほしかったのだ。その願いが叶うまでは、彼女の魂は学園をさまよい続けてしまうことになる。

秀知院学園に伝わる七不思議がすべて少女Aと少年のやりとりにちなんでいるのは、まだ少女Aの魂がこの学園にとどまり続けている証拠だとかぐやは考えた。

だからこそ、少女Aを解放するために見立てゲームが必要だったのだ。

少年の役割を担う誰かに指輪を見つけ出してもらい、本来であれば四十年前に行われるべきだった二人の会話がなされてこそ、少女Ａの魂は安らぐことができる。

四十年前に命を落としてしまった学園の先輩に対する鎮魂こそが、今回のかぐやの目的であったのだ。

彼女の救われない魂と、実らなかった恋に、どうか決着を。

「しかし四宮……せめて事前に一言くらい相談してくれてもよかったんじゃないか？」

白銀も、この部屋を捜索した時この遺書は読んだが、はじめ、かぐやがそこまで考えていたとは思い至らなかった。

かぐやが少女Ａ、名前は語り継がれなかった少女の見立てを行っていると気づき、初めてその思いを察したのだ。

そこに至るまでずいぶんと苦労させられた。せめて少しくらいヒントがあってもよかったのではないか、と唇を尖らせる白銀だった。

「あら？　ふふ、でも会長はきちんとたどり着いたじゃないですか？　だから、これでよかったんですよ」

童女のようにかぐやは笑う。

それから、ふと視線を下げ、

「他人事(ひとごと)とは思えなかったんです」

ぼそりと、かぐやは呟いた。

白銀はかぐやと少女Aのどういう部分が似ているのかを考えようとしたが、今日一日頭を使いすぎて考える気力が湧かなかった。

帰りに饅頭でも買いにコンビニに寄ろう。そう決意した。

普段は水筒に飲み物を持参して極力出費を抑える白銀であったが、今日ばかりは饅頭程度の散財は許されるだろう。この数日の騒ぎを思い返して、白銀はそう思った。

「しかし、とんでもない一週間だった」

「あら、一週間ではなく六日ですよ？」

「どっちでもいいよ」

ここしばらくの日々を思い返す。

ラブレター騒動からはじまり、七不思議に巻き込まれた白銀と石上、そして指輪探し。

さすがにここで打ち止めだろう。きっと明日からはいつもどおりの日常が始まる。

「ところで四宮にもそんな、死者を想う気持ちがあったんだな」

「私を何だと思っているんですか。それくらいありますよ」

♀♀♀

嘘である。


この女に人の死を悼む気持ちなどありはしない。

死んだら何もかもおしまい。

死者の魂なんてあるわけないでしょと、かぐやは嘯く。

だとしたら、今回の件は一体何だったのか。それを端的に現す言葉がある。


——スタンフォード監獄実験。

これは一九七〇年代にアメリカで実際に行われた心理実験である。面識のない人間を集め、看守役と囚人役の演技をさせる。実験は囚人役をパトカーで逮捕する場面から始めるなど、リアリティーを追求したものであった。囚人は監獄を模した場所に閉じ込められ、屈辱的な生活を送ることを余儀なくされる。

すると、看守役の人間は時間が経つにつれ、囚人役に対して高圧的に振る舞うようになる。役になりきる以前の元の性格に関係なく、看守としてそれらしい人格を演じてしまう。

ついには暴力行為が蔓延し、精神錯乱者が出るに至って実験は中止となる。

これらはわずか六日間の実験であった。

（囚人と看守でこうならば、恋人同士ならばどうでしょう？）

それも、『ものすごくドラマティックな恋をした二人ならば？』

今回のかぐやの仕掛けた頭脳戦の正体は、つまりはそういうことである。

七不思議のもととなった恋する男女になぞらえたシチュエーションを白銀とかぐやの二人で経験する。

いうならば見立て殺人ならぬ、見立て恋愛を仕掛けていた。

無論すべてが計画通りに進んだわけではない。

意外と白銀がこの意図に気づくのが遅かったり、白銀に経験させるはずだった七不思議が何故か石上に集まったり……おそらく本当に呪われてるのねと、かぐやは思った。

（——ともかく、これで会長は私のことを運命の恋人として、意識せざるをえない!!）

明日以降、成果がメキメキと出る様を想像し、ウキウキしながら帰路につくかぐやであった。

——今回の勝敗、かぐやの勝利。

♀♀♀

ただ祭りに参加するだけというならその瞬間に全力を出しきればいいが、運営する側となれば後片づけの心配もしなければならない。

それでは、今回の指輪探しの後始末について。


まず私物の指輪を勝手に持ち出され、ろくな相談もないまま大騒動を起こされた早坂は、その日の晩、四宮家別邸の大浴場を二時間貸し切り状態にするという暴挙に出た。

普段からストレス発散のためにたびたび風呂場を占拠する早坂だが、今回はよほど腹に据えかねたのか、防水パックに入れたタブレットを持ち込んでの長風呂であった。

「いったい、今度は何を見ていたの？」

「タチゴケです」

風呂上がりの早坂にかぐやが質問すると、そんな答えが返ってきた。

かぐやは、ふむ、と脳内のデータベースから『植物』の項目を検索した。

「スギゴケの一種ね。都会でも普通に見かけることができるし、園芸家には昔から人気があるけれど、生産量が少なくてまとまった量は購入できないことがネックかしら。ああ、だから動画で見て楽しむことにしたのね？」

「全然違います。私が見ていたのはバイクの立ち転けです。信号待ちとかコンビニに立ち寄った際にごろんといく感じのシーン集を見てました」

と、相変わらずこの侍従(ヴァレット)の動画の趣味はわからない。

だが少しは早坂も機嫌を直したらしい。ほっと胸を撫で下ろすかぐやだった。


翌週、かぐやは藤原と伊井野に質問攻めにされた。

当然の結果である。

だが、四十年前に亡くなった男女の慰霊のためだと伝えると、納得したような、驚いたような顔をして、引き下がった。

「じゃあこれで解決ですね。僕の呪いは解けたんですね」

石上は喜んでいたが、そもそも七不思議はかぐやの仕掛けが半分ほどである。

その他のことに関してはかぐやのあずかり知らない部分であり、石上はおそらく何かに呪われている。

たとえば明日あたり石上が屋上から飛び降りたとしても、「ああ、やっぱりな」と思ってしまいそうなかぐやだった。

「あ、そういえば昨日、夢に四宮先輩が出てきましたよ」

「私がですか?」

かぐやが聞き返すと、石上は照れたように頬を赤らめた。

「実は僕、悪夢ばっかり見るんですよ。昨日も赤黒いうねうねした怪物に追われる夢だったんですが、四宮先輩が現れて『あなたは掃除を頑張りましたからね。そのお礼です』って言ってそいつをやっつけてくれたんですよ。おかげで昨夜は安眠できました」

「へえ、それはよかったですね」

他人の夢の話ほどつまらないものはない、と言ったのは誰だったか。

かぐやにとってもそれは一切興味のない話題だったが、珍しく屈託なく笑う後輩に水を差すつもりもなかった。

ふと、石上は何かを思い出したように声をあげた。

「あ、でも、最後に四宮先輩が『あなたの守護霊になるつもりなんてないから、私は消えますね。……ですが、あなたは元から不幸を呼び寄せる体質なんだから、これに安心せず水際と高い場所と見通しの悪い交差点と銀行強盗と飛行機事故と地球温暖化に気をつけて』って言ってたんですけど、あれどういう意味なんですかね？」

「知りませんよ。それを言ったのは私じゃないんですから」

かぐやは霊を信じない。

だから、夢の中の言葉にまで責任はもてないというだけの意味である。

だが石上は不思議と「そっか、そうですよね」と納得したようだった。

生徒会室の喧噪に背を向けて、かぐやは美術室へと足を運んだ。

白銀が例の指輪を絵に戻すというからだ。

「律儀ですね、会長は」

「これはあいつらのものだからな。やはり元に戻すべきだろう」

丁寧に修復作業を行う白銀の後ろで、かぐやはスタンフォード監獄実験の効果を疑う。

（会長……あそこまでやったのだからもっとドキドキして、顔を赤らめてもいいのに）

かぐやから見て、まるっきりクールですまし顔の会長から変化を感じることができない。

また、学校中を巻き込んだ指輪探しの結末として、白銀がそれを発見したことは全校生徒の知るところとなった。

先日は下校時刻というタイムリミットがきてしまったため、多くの生徒にとっては尻切れトンボに終わってしまった。その勝者がどんな望みを叶えたのかは実に興味深い話題で、誰もが白銀とかぐやの動向に注目していた。

だが、あまりにも白銀が普段通りであったため、放課後になる頃には探るような視線もほとんどなくなった。

あれだけの大騒ぎをしても、翌週にはいつも通りの日常が戻ってくる。

恒常的な心理の変化は特になく、束の間の感情の爆発があっただけだと、生徒たちは納得してしまったのだろうか？

そして、その意見は、かぐやから見た白銀に対する意見とほぼ同じであった。

（つまり、失敗ということなんでしょうね……）

残念そうにため息を吐くかぐや。

だが、考えてもみよう。

かの実験に効果があり、愛し合う二人の演技を重ね、二人のメンタルは愛し合う二人のものへと寄ったとする。

しかしながら、それで何が変わるというのだろうか。

もともと囚人と看守の関係にある者たちに、囚人と看守の演技をさせたところで、何が変化するのだろうか？

もともと、愛し合っている二人が、愛し合ってる演技をしたところで――


「さて、これでいい」

白銀は修復を終えた絵をかぐやに見せる。

「あら、いい腕ですね。違和感ありませんよ」

「四宮が言うなら間違いないな」

選択授業の美術で油彩をたしなむ白銀である。そこで無駄に高めたスキルがなんとか通用し、安堵する。

「乾くまで時間がかかる。その間、くれぐれも変な悪戯するなよ」

しませんよ、彼女じゃありませんしと笑うかぐや。

その様を通りがかりの校長が見て、優しく笑う。

「でもなんだか、この絵、前より少し笑ってるように見えませんか？」

「気のせいじゃないか？　怖いこと言うなよ」

おそらく気のせいである。だが、絵は見るものの心を映す鏡という。

四宮かぐやは霊を信じない。

今回の件も、利用できるものを利用しただけ。死者を悼む気持ちなど、なかった。

四宮かぐやは身勝手で、冷酷無比で、冷たい人間である。

だが、どうなのだろう。

絵は鏡。

絵の中の四宮かぐやに似た少女は、やはり優しく笑っている。

初出　かぐや様は告らせたい　小説版　～秀知院学園七不思議～　書き下ろし

◆JUMPjBOOKS◆

かぐや様は告らせたい 小説版 ～秀知院学園七不思議～

発行日
2018年 9 月24日［第1刷発行］
2024年 2 月26日［第10刷発行］

著者
赤坂アカ／羊山十一郎

担当編集
渡辺周平

編集協力
北奈櫻子

編集人
千葉佳余

発行者
瓶子吉久

発行所
株式会社集英社
〒101-8050　東京都千代田区一ツ橋2丁目5番10号
電話＝東京03（3230）6297（編集部）
03（3230）6393（販売部・書店専用）
03（3230）6080（読者係）
Printed In Japan

デザイン
東野裕隆

印刷所
大日本印刷株式会社

ISBN978-4-08-703446-2 C0093

検印廃止